XAVIER DE MONTÉPIN

SA MAJESTÉ

L'ARGENT

III

LA COMTESSE DE GORDES

PARIS. — E. DENTU, ÉDITEUR, PALAIS-ROYAL

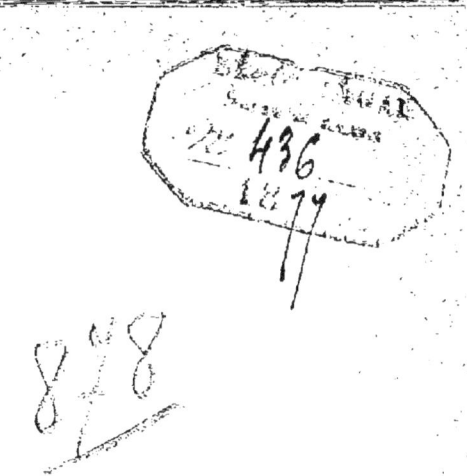

SA MAJESTÉ
L'ARGENT

III

LA COMTESSE DE GORDES

LIBRAIRIE DE E. DENTU, ÉDITEUR

OUVRAGES DU MÊME AUTEUR

Collection grand In-18 jésus à 3 francs le volume

SOUS PRESSE :

F. Aureau. — Imprimerie de Lagny.

XAVIER DE MONTÉPIN

SA MAJESTÉ

L'ARGENT

LA COMTESSE DE GORDES

PARIS

E. DENTU, ÉDITEUR

LIBRAIRE DE LA SOCIÉTÉ DES GENS DE LETTRES

PALAIS-ROYAL, 15-17-19, GALERIE D'ORLÉANS

1877

SA
MAJESTÉ L'ARGENT

LA COMTESSE DE GORDES

I

Marcel aurait voulu, avant de s'éloigner, presser la jeune femme dans ses bras et chercher sur ses lèvres un souvenir du passé, une espérance pour l'avenir.

Mais la marquise de la Tour-du-Roy n'était plus du tout la cameriste Mariette.

Elle ne fit aucune concession et c'est à peine si le lieutenant obtint la permission de lui baiser une dernière fois la main, ce qui ne l'empêcha point de se trouver parfaitement heureux en regagnant l'auberge du père Richard, et de se promettre à courte échéance, un bonheur bien autrement complet.

Docile à la consigne imposée par Lazarine, il annonça le soir même son départ à l'aubergiste fort surpris et encore plus déconcerté, et le lendemain une carriole le transportait à Orléans où il prenait le chemin de fer pour Paris.

Il lui semblait qu'en se hâtant d'obéir il rapprocherait le jour de la réunion.

La marquise, demeurée seule dans le pavillon après la scène dont nous avons été le fidèle historien, resta pendant quelques minutes singulièrement rêveuse et préoccupée, et le pli de son front, la contraction de ses sourcils noirs, prouvaient jusqu'à l'évidence que préoccupation et rêverie étaient de nature sérieuse.

Peu à peu le pli disparut, l'arc des sourcils reprit sa ligne pure et régulière, les lèvres ébauchèrent un demi-sourire.

— Décidément, j'ai tort de m'inquiéter... — murmura Lazarine. — Il importe peu que le hasard ait mis pour la seconde fois ce jeune homme sur mon chemin... Il est trop sincèrement épris pour être dangereux ou pour le devenir.

Elle étouffa un bâillement, puis elle reprit :

— Je m'ennuyais tant !... — Marcel Laugier sera une distraction à laquelle je couperai court quand bon me semblera...

La jeune femme rentra au château, écrivit à son père et fit monter un homme à cheval afin que la lettre, partant d'Orléans le soir même, fût distribuée le lendemain à la première heure.

Trois jours après, Lazarine recevait deux lettres, l'une de Jules Leroux, l'autre de Marcel.

Celle du lieutenant était nécessairement pareille à toutes les épîtres brûlantes qui n'ont d'intérêt que pour celui qui les écrit et pour celle qui les reçoit.

Nous nous garderons bien d'en citer une seule ligne.

Voici ce que disait Jules Leroux :

« J'ai applaudi des deux mains, ma chère petite marquise, à ta résolution, et j'ai l'amour-propre de croire que mes sages conseils n'y sont point étrangers...

» Sans perdre une minute je me suis mis en quête du logis que tu demandes et le hasard a favorisé mes recherches, car en vingt-quatre heures j'ai mis la main sur un petit hôtel très-joli.

« Cet hôtel, situé rue Murillo près du Parc-Monceau, est de dimensions restreintes et ne saurait constituer pour toi une résidence définitive, mais il ne laisse rien à désirer sous le rapport de la coquetterie et du bon aménagement intérieur.

» Je n'ai point acheté. — J'ai fait en ton nom un bail d'un an, pour le prix de vingt mille francs, ce qui n'est pas trop cher.

» Les écuries sont disposées pour cinq chevaux, les

remises pour quatre voitures. — C'est insuffisant, je le sais bien, mais il y a tout à côté, dans la même rue, des écuries et des remises vacantes qu'il est possible de s'annexer.

» Immédiatement après avoir conclu pour l'hôtel, je suis allé chez Lebel-Girard afin de m'entendre avec lui au sujet du mobilier, et tu vas voir si nous avons une veine incroyable.

» Lis, et juge...

» Il y a six mois environ un prince Bulgare, très-imposant, et sa princesse, étonnamment jolie, vinrent s'installer au Grand-Hôtel.

» Ces gens semblaient très-riches, dépensaient beaucoup, payaient comptant et vivaient entourés de la considération générale, ni plus ni moins que le baron et la baronne de Gondremarck de *la Vie Parisienne*...

» Ces Bulgares achetèrent un hôtel aux Champs-Elysées, puis s'adressèrent à Lebel-Girard et lui commandèrent pour cet hôtel un mobilier très-chic, lui donnant carte blanche et ne s'occupant pas du prix.

» Lebel-Girard, qui est un malin, prit des renseignements à la Légation, en reçut d'excellents et mit tout son monde à la besogne. — Les Bulgares se montraient pressés.

» Il y a quinze jours, le mobilier étant terminé,

l'illustre tapissier allait opérer la livraison le lendemain, poser les tentures, les tapisseries, les cuirs
gauffrés, etc., sauf à présenter sa facture la semaine
suivante, quand en lisant le *Figaro* il tomba sur un
entre-filet qui commençait à peu près ainsi : — « *La
police vient de mettre la main sur deux aventuriers étrangers qui, après avoir fait d'innombrables dupes en Au-
triche et en Allemagne, venaient exercer chez nous leur in-
dustrie. — Ces flibustiers avaient eu l'audace de prendre
le nom d'une grande famille existant en Bulgarie... —
Ils se faisaient appeler le prince et la princesse de ***
et tout le monde les acceptait pour tels... »*

» Suivait le récit d'une escroquerie très-bien com-
binée, mais déjouée au dernier moment, qui devait
mettre entre les mains du couple en question des
diamants pour une somme énorme...

» Lebel-Girard bondit, et courut de nouveau aux
renseignements.

» C'étaient parfaitement ses Bulgares qu'on venait
d'arrêter...

» Il échappait au piége tendu, mais un mobilier de
cent mille francs lui restait sur les bras, ce qui lui
fit pousser un long soupir et faire une grimace fort
laide.

» Sur ces entrefaites, j'arrivai... — Je voulais meu-
bler un hôtel... — Juge si je fus bien accueilli...

» Bref, le mobilier t'appartient. — Il est de bon

goût, d'une richesse suffisante, d'une fantaisie bien comprise; il te plaira, j'en suis certain, et, — vu les circonstances de l'affaire, — j'ai obtenu, mais non sans peine, un rabais de dix pour cent.

» A l'heure où je t'écris, on pose les tentures.

» Je t'avais demandé trois semaines; — tu peux arriver dans huit jours...

» Je pense que madame la marquise sera contente de Jules Leroux, son très-humble intendant...

» Au revoir, chère petite marquise, je t'embrasse tendrement, je t'attends impatiemment, et je suis heureux de finir en disant, avec certitude cette fois : — A BIENTOT !...

» Jules LEROUX.

» P. S. J'ai reçu hier des nouvelles du château de Gordes.

» Mon gendre m'a écrit une lettre charmante, mais qui n'est rassurante qu'à moitié.

» Il paraît que ma petite comtesse vient d'avoir une rechute assez grave de son incompréhensible maladie, et qu'elle s'entête à refuser de voir un médecin.

» C'est absurbe, et par le retour du courrier j'ai enjoint au comte de passer outre...

» Songe à quel point ce serait gênant pour moi, si l'état de Jeanne devenait assez grave pour me forcer à quitter Paris et à venir m'enterrer pendant quelques jours à Gordes, où certainement je mourrais d'ennui, la présence d'un malade attristant effroyablement une maison...

» Enfin, le cas échéant, je ferais mon devoir de père comme je l'ai toujours fait, mais, grâce à Dieu, nous n'en sommes pas là!...

» Il paraît, — me dit le comte, — que Renée est plus admirable que jamais!...

» Une sœur de charité!... — l'incarnation du dévouement!...

» Sapristi! j'en suis ravi, mais entre nous j'étais convaincu que si ma seconde fille avait une vocation, ce n'était pas celle-là...

» Enfin je fais amende honorable! — Renée est un ange, j'y consens! — Elle cachait ses ailes, voilà tout! »

.   .   .   .

La semaine suivante une dépêche de l'ex-banquier apprenait à Lazarine que tout était prêt et qu'elle pouvait arriver.

Madame de la Tour-du-Roy répondit par télégramme qu'elle partirait le lendemain.

Et en effet elle partit.

*
* *

Laissons la marquise s'installer à Paris, où nous

la retrouverons un peu plus tard ainsi que Marcel Laugier, et retournons en arrière jusqu'au jour du mariage de Raoul et de Jeanne.

Nous avons assisté à l'union du comte et de la fille cadette de Jules Leroux dans l'humble église des Vertes-Feuilles, et nous savons ce qui se passait au fond de l'âme de deux des témoins de cette union.

Nous avons vu Renée sourire, la rage dans le cœur.

Nous avons vu Maxime Giraud cacher ses larmes derrière un pilier, au fond d'une chapelle.

La haine aveugle et la tendresse immense se dissimulaient l'une comme l'autre.

Un jour peut-être cette tendresse et cette haine devaient se trouver face à face, et sans trève, sans merci, se livrer un combat mortel.

Les nouveaux époux et leurs témoins dînèrent aux Vertes-Feuilles et, aussitôt après le dîner qui ne se prolongea pas bien tard, le comte enleva sa femme pour la conduire à Gordes, comme le marquis Robert, l'année précédente, avait enlevé Lazarine pour la mener à la Tour-du-Roy.

Seulement, les projets du comte différaient absolument de ceux du marquis.

Le vieillard amoureux, voulant étaler son bonheur, avait pendant deux semaines convié toute la noblesse de la province à des fêtes que nous avons brièvement décrites au début de ce récit.

Le jeune homme au contraire n'avait qu'un désir : faire la solitude autour de sa bien-aimée Jeanne et autour de lui, et savourer dans le mystère et dans le silence les joies divines de l'amour béni...

La lune de miel fut exquise à ce point que Raoul se disait parfois :

— Non, ce n'est pas possible... un tel bonheur, si pur, si profond, si complet, ne saurait être de ce monde... — Je rêve et je m'éveillerai...

Mais les jours et les nuits se succédaient et le réveil ne venait pas...

Gordes et la Tour-du-Roy passaient, nous le savons, pour les deux plus belles résidences du Loiret.

Nous connaissons la situation de Gordes.

Nous avons vu le marquis Robert, quelques jours avant son mariage, indiquer à Lazarine les toitures d'ardoise qu'entouraient les futaies d'un parc immense, en même temps qu'il lui racontait les tragiques amours du comte Raoul et de la baronne de Braines.

Cela doit amplement suffire.

A quoi bon nous attarder dans les longueurs d'une description nouvelle, forcément monotone et qui serait une redite après notre croquis des grandes lignes du château de la Tour-du-Roy, de ses terrasses, de ses pelouses, de ses lacs où voguaient des

1.

cygnes, et de ses sombres avenues où le soleil ne
pénétrait jamais?

Ces castels historiques et ces parcs deux fois séculaires ont tous entre eux des airs de famille.

. . . .

Rien au monde n'était plus charmant que de voir
Raoul et Jeanne, à l'heure où le crépuscule succédait
au jour, où les premières étoiles scintillaient dans
l'azur assombri du ciel, quitter le château, se diriger
lentement, appuyés l'un sur l'autre, vers les sentiers
de mousse courant entre les noirs taillis, et là, sous
l'ombre des vieux marronniers, dans le grand silence
de la nature recueillie, échanger à voix basse ces
paroles émues

> ... Qui depuis six mille ans
> Se suspendent le soir aux lèvres des amants !

. . . .
. . . .

II

« Le bonheur ne se raconte pas. »

Ce vieil adage est l'expression d'une indiscutable
vérité.

Comment raconter, en effet, les débuts dans le
mariage de ces deux jeunes gens si complétement
absorbés par leur ivresse que rien n'existait plus pour
eux en dehors du cercle étroit où les enfermait
l'amour ?

Quelle plume serait assez délicate, et en même
temps assez hardie, pour entreprendre sans danger
le récit de ces tendresses à la fois brûlantes et chastes ?

Jeanne et Raoul s'aimaient... — ils s'aimaient de
tout leur cœur, de toute leur âme, de toutes leurs
forces...

Ceci dit, — et c'est suffisant, — quittons la poésie et rentrons dans la prose.

Pendant les premières semaines qui suivirent le mariage, une consigne sévère interdisait aux visiteurs l'entrée du château de Gordes, et le concierge du parc jouait avec une rigueur absolue le rôle du mythologique Cerbérus gardant le Jardin des Hespérides.

Jules Leroux et Renée, le marquis et Lazarine, avaient seuls leurs grandes entrées, dont ils n'usèrent que discrètement, nous devons leur rendre cette justice.

Au bout d'un mois Raoul décida, — (non par lassitude ou satiété, mais par raison), — que cette existence d'isolement absolu ne devait pas se prolonger indéfiniment.

— Mon enfant chérie, — dit-il à Jeanne, — notre position nous impose des devoirs mondains auxquels il est impossible de se soustraire et dont nous avons peut-être retardé l'accomplissement un peu plus qu'il n'aurait fallu...

La jeune comtesse regarda son mari avec inquiétude.

— La complète liberté n'est faite que pour les humbles et pour les petits... — poursuivit Raoul. — Quand on porte un grand nom, quand on possède une grande fortune, on n'a pas le droit de vivre à la façon des ours...

— Cela signifie que nous allons faire des visites et en recevoir?... — demanda Jeanne, très-émue.

— Oui, ma chérie...

Jeanne poussa un gros soupir.

— Nous étions si heureux tous les deux, tout seuls, entièrement l'un à l'autre... — murmura-t-elle.

Raoul sourit.

— Oui, nous étions heureux, et nous le sommes, et nous le serons encore. — N'allez pas croire au moins, cher amour, que je veuille sacrifier au monde l'adorable bonheur de notre vie intime...

— Ah! je l'espère bien, car il faut vous l'avouer, cher Raoul, je suis très-peu mondaine...

— Je n'aurai garde de vous engager à le devenir avec excès, quoique vous ayez tout ce qu'il faut, et plus qu'il ne faut, pour briller dans le monde et pour y tenir la première place...

— C'est dans votre cœur uniquement que j'ambitionne cette place... — interrompit Jeanne, — c'est là qu'il me la faut...

— Elle est à vous, mon enfant bien-aimée... la première et la seule... Mon cœur est à vous tout entier...

— Oui, Raoul, n'est-ce pas?... tu m'aimes?...

— Je t'adore, et tu le sais bien...

Il se fit un silence, et pendant quelques secondes un duo de baisers remplaça le dialogue interrompu.

— Me voilà consolée tout à fait... — reprit Jeanne
en souriant à son tour. — Nous ferons des visites et
nous en recevrons, puisque mon cher seigneur et
maître juge qu'il le faut absolument... — Qu'importe
un peu d'ennui ? — Quand nous serons chez les autres
je prendrai patience en songeant que nous allons
revenir ici... — Quand les autres seront ici, je penserai qu'ils vont partir... — Ainsi tout sera pour le
mieux.

— Voilà de la vraie philosophie, ma mignonne ! —
dit le comte en embrassant de nouveau sa femme. —
Point ne sera besoin d'ailleurs d'y recourir souvent...
— il ne s'agit que de simples corvées et j'aurai soin
de les rendre peu fréquentes... — J'ai de nombreuses
relations dans ce pays où je suis né, où j'ai vécu,
où nous devons vivre... — Certes nous nous suffisons
l'un à l'autre, mais il ne faut froisser personne... —
Une des coupes du grand salon est pleine de cartes
apportées depuis un mois... — Je vais faire une
liste... — Les après-midi d'une semaine suffiront
pour nous mettre en règle avec tout le monde...
— Nous ne resterons nulle part plus de dix minutes et nous annoncerons partout que vous recevez
le jeudi...

— Tous les jeudis ! — murmura Jeanne épouvantée.

— Un jour sur sept, mon enfant adorée, et encore
à partir de deux ou trois heures... vraiment ce n'est
pas de trop... — Une fois par mois nous donnerons
un grand dîner... — Le reste du temps nous serons nos
maîtres et nous oublierons à notre aise qu'il existe
autre chose ici-bas que le parc de Gordes, notre
cher paradis...

Jeanne baissa la tête avec résignation.

— Que répondez-vous à cela ? — demanda Raoul.

— Ma réponse est bien simple... la voici : — Votre
volonté sera faite...

Le comte poursuivit :

— Vous êtes la plus jolie et la plus aimée des
femmes... — Je veux, pour vous montrer au monde,
que vous en soyez aussi la plus élégante...

— Élégante comme Lazarine ? — s'écria la comtesse.

— Oui, comme Lazarine...

— Je ne pourrai jamais...

— Ah ! que vous vous connaissez peu et combien
vous vous jugez mal, cher trésor de grâce et de
charme !... — répliqua Raoul en souriant. — Divin
chef-d'œuvre, perle vivante, tu ne sais pas que tu
n'as qu'à vouloir pour éclipser les plus brillantes !

Jeanne leva sur son mari ses grands yeux d'enfant

candide, dont les souvenirs enflammés des heures d'amour ne voilaient pas encore l'angélique pureté.

— Tu me vois ainsi parce que tu m'aimes... — balbutia-t-elle.

— Je te vois ainsi parce que tu es ainsi... — Est-ce que ton premier regard 'ne s'est pas emparé de moi? — Ai-je lutté? — Non! — A quoi bon? Je sentais bien que j'étais vaincu... et ma défaite me rendait si heureux...

Raoul attira Jeanne sur son cœur, et pour la seconde fois un duo de baisers coupa l'entretien.

— Nous disions donc, — reprit le jeune homme au bout d'un instant, — qu'il fallait devenir élégante et coquette...

— Je le veux bien, mais comment faire?... — Mon nexpérience est notoire... — La toilette, dont raffolaient Lazarine et Renée, a toujours été mon moindre souci... — Mes sœurs raillaient même avec beaucoup d'esprit la simplicité de mes goûts et m'avaient surnommée *la petite Cendrillon*... — Ce surnom m'a porté bonheur puisque le *prince Charmant* est venu, comme dans le conte, qu'il m'a aimée et qu'il a fai de moi sa femme...

— Eh bien! — répliqua gaiement Raoul, — la petite Cendrillon, devenue femme du prince Charmant, étonnera ses sœurs en les éblouissant... —

Occupons-nous des voies et moyens... — Allons ensemble visiter vos costumes...

— Vous y tenez?...

— C'est indispensable... — il doit vous manquer beaucoup de choses...

— Mais, non...

— Je suis sûr que si...

— Venez donc...

On ouvrit les armoires, et M. de Gordes resta stupéfait.

Ce millionnaire éperduement épris avait de telle façon hâté le mariage qu'il ne s'était point souvenu de certains détails importants, — oubliés volontairement par Jules Leroux.

La corbeille contenait il est vrai de merveilleuses dentelles, des écrins d'une notable valeur et nombre d'objets de grand luxe, mais le trousseau proprement dit n'existait pas, même à l'état rudimentaire.

Sauf trois ou quatre robes passables, improvisées à la veille des noces, la petite comtesse ne possédait absolument que ses costumes de jeune fille, plus que modestes et très-usés...

Raoul, muet de surprise d'abord, se mit à rire de bon cœur.

— Pauvre chère petite Cendrillon! — s'écria-t-il.

— Job lui même, de biblique mémoire, était un

Crésus auprès de vous! — Tout vous manque!...
Tout absolument!... et je n'en savais rien!...

— Cependant ces robes... — commença Jeanne.

— Vos femmes de chambre, à qui vous les donne-
rez, les accepteront par convenance mais feront fi
d'un si piètre cadeau... — interrompit Raoul. — Vite,
mignonne, apprêtez-vous... — Je vais faire atteler...
— Dans une heure nous partirons pour Orléans et
nous serons ce soir à Paris...

— A Paris!... — répéta la jeune femme, — Nous
allons à Paris?...

— Sans doute...

— Pour longtemps?...

— Pour quarante-huit heures, tout au plus, si vous
voulez... — Le temps de donner vos mesures à une
couturière du high-life, de choisir des étoffes et des
modèles, et nous regagnerons notre nid...

Jeanne soupira, puis sourit.

Quitter Gordes était un chagrin, mais elle le quittait avec Raoul ; — la compensation s'établissait.

Les choses se passèrent exactement comme le
comte l'avait prévu.

Le surlendemain, dans la soirée, le jeune ménage
était de retour au château.

La semaine suivante, une célèbre tailleuse artiste,
l'arbitre des grandes élégances, expédiait douze costumes d'un goût si parfait, d'une si triomphante dis-

tinction que Jeanne, malgré son manque absolu de coquetterie, les admira comme œuvres d'art.

Raoul était dans l'enthousiasme.

-– Me trouverez-vous donc plus jolie parce que je serai plus brillante? — lui demanda la petite comtesse avec un accent de tendre reproche.

— Non, ma bien-aimée, — répondit-il ; —vous ne serez pas plus jolie, mais vous le serez autrement...

Le moment redoutable était venu.

Il fallait accomplir la corvée des visites de noces.

Cette corvée n'eut en somme rien de trop pénible.

Jeanne fut accueillie partout comme elle devait l'être au double titre de ravissante femme et de comtesse de Gordes. —Elle trouva, sans le chercher, le moyen d'enchanter les douairières et de charmer les jeunes femmes et les jeunes filles... —Il est inutile d'ajouter que les hommes la déclarèrent adorable.

Bref son succès fut universel et pas une fausse note ne détonna dans le concert d'éloges qui s'élevait sur son passage.

Au bout de huit ou dix jours, toutes les dettes de bon voisinage étant payées et les portes du château de Gordes ne s'ouvrant que chaque jeudi, l'existence intime des époux-amants recommença, et leur parut d'autant plus exquise qu'elle avait été momentanément interrompue.

Raoul et Jeanne s'isolèrent de nouveau dans leur

bonheur, mais la chère créature ne tarda guère à se reprocher les jouissances égoïstes de cette vie à deux qui lui faisaient oublier tout...

Elle se souvint qu'aux Vertes-Feuilles on l'appelait *le bon ange,* et elle résolut de mériter plus que jamais ce titre.

Hâtons-nous d'ajouter que, la veille du mariage, les pauvres et les infirmes que leur douce protectrice allait abandonner avaient reçu de larges offrandes et se trouvaient pour longtemps, sinon pour toujours, à l'abri du besoin.

Jeanne reprit ses habitudes de touchante bienfaisance. — Elle sortit chaque matin à pied, toute seule, vêtue comme une petite bourgeoise d'une robe de toile écrue qu'elle préférait — (sans oser en convenir), — à ses toilettes les plus réussies; et bientôt elle fut aimée dans les chaumières des environs de Gordes, autant qu'elle l'était encore aux alentours des Vertes-Feuilles...

Le comte allait au-devant d'elle et la prenant dans ses bras, bien fatiguée souvent de ses courses trop longues, mais le sourire aux lèvres et le visage radieux, il lui disait avec attendrissement:

— Oh! bon ange de ma maison, chère sœur de charité, laisse-moi baiser tes mains bénies!... Il me semble te voir une auréole au front!...

Ainsi, dans ces deux existences unies étroitement,

tout était calme profond, amour pur, bonheur infini...

L'avenir serait-il semblable à ce présent si beau ?

— Le doute à cet égard paraissait impossible...

Mais parfois sur l'Océan, dans un ciel radieux, une tache presque imperceptible apparaît aux confins de l'horizon...

Pour le voyageur insouciant, c'est un vol de mouettes ou la fumée d'un steamer.

Le vieux matelot secoue la tête, montre du doigt la tache et dit :

— C'est la tempête!...

III

Depuis quinze jours ou trois semaines, Jeanne Leroux était comtesse de Gordes.

Le docteur Maxime, seul dans son cabinet de travail, accoudé devant son bureau et soutenant de ses deux mains sa tête lourde et vide à la fois, s'abandonnait à une rêverie sombre dont il nous paraît superflu d'indiquer la nature.

La jeune servante villageoise qui partageait avec madame Giraud les soins du ménage entra brusquement.

— Qu'y a-t-il, Tiennette ? — demanda le médecin en relevant la tête.

— Monsieur le docteur, c'est un monsieur qui veut vous voir... — Il m'a dit, comme ça, de vous remettre ce petit carton...

En même temps Tiennette tendait à son maître ce qu'elle appelait *un petit carton.*

C'était une carte de visite.

Maxime la prit et tressaillit en lisant le nom :

RAOUL DE GORDES

— M. de Gordes est là ? — s'écria-t-il.

— Oui, monsieur le docteur, devant la porte, avec un petit jeune homme à cheval, qui tient son cheval, et qui a des boutons brillants et des bottes à retroussis jaunes...

— Faites entrer M. de Gordes... — murmura le médecin ; et tandis que la servante allait chercher le visiteur, il ajouta tout bas : — Chez moi... lui !... le mari de Jeanne !...

Au bout d'une demi-minute Raoul franchissait le seuil du cabinet, la figure souriante et la main tendue...

Il était impossible au docteur de ne point serrer cette main, mais il le fit avec une contrainte manifeste que le comte attribua à la timidité.

Nous connaissons les sentiments de Maxime ; nous savons à quelles espérances il avait ouvert un moment son âme, et nous savons aussi avec quelle héroïque résignation il avait accepté le sacrifice...

Néanmoins la présence de l'homme par le fait de

qui s'étaient anéanties ses espérances et envolés ses rêves, lui causait un trouble profond...

Jeanne appartenait à cet homme !

Un ange n'aurait pu se soustraire à l'involontaire jalousie, à la cuisante douleur résultant d'une telle pensée.

Maxime imposa de son mieux silence à l'ouragan qui grondait dans son cerveau, et avançant un siége à Raoul il lui dit :

A quel motif dois-je attribuer, monsieur le comte, l'honneur inattendu de votre visite?...

— Mon cher docteur, — fit le nouveau venu avec un sourire, — vous voyez en ma personne un ambassadeur... — Je vous suis envoyé par màdame de Gordes.

— Madame de Gordes va bien, j'espère?... — demanda le médecin d'une voix un peu tremblante.

— A merveille... — Tout en me chargeant pour vous de ses meilleurs souvenirs, — (car vous êtes fort de ses amis) — elle m'a prié de vous dire qu'elle avait vivement regretté votre absence le jour de son mariage... — Elle comptait sur vous à l'église...

— J'y étais... — murmura Maxime.

— Elle ne vous a pas vu, et sera très-heureuse d'apprendre que vous faisiez partie de ceux qui priaient pour son bonheur.

Le jeune médecin s'inclina :

— Je priais, en effet, — dit-il, — et de toute mon
âme...

— Permettez-moi de vous remercier en son nom, et
aussi au mien... — J'ai pris l'engagement devant
Dieu et devant les hommes de rendre heureuse la
chère créature, et je ne faillirai point à cette tâche
douce et sacrée...

Maxime s'inclina de nouveau, mais cette fois sans
répondre.

Le comte poursuivit :

— Madame de Gordes fait profession pour vous de
la plus haute estime, en même temps que d'une
très-sincère affection. — Vous avez été le collaborateur assidu de ses œuvres charitables. — C'est au
chevet d'une de ses malades, vous vous en souvenez
sans doute, que j'ai eu l'honneur de vous être présenté par elle. — Mieux que personne elle sait tout
ce que vous valez, et sa confiance est si grande que
volontiers l'angélique enfant vous attribuerait le
pouvoir de rappeler à la vie et à la santé ceux que
tous vos collègues auraient abandonnés.

— Il n'en est malheureusement pas ainsi, — répliqua Maxime, — et la bienveillance de madame de
Gordes l'aveugle à mon endroit. — Mon zèle seul
est sans limites... ce que je puis est bien peu de
chose...

— Tel n'est point l'avis de Jeanne qui vous prie

III.   2

par ma voix, et d'une façon instante, de vouloir bien accepter les fonctions de médecin à l'année de ma maison, et de devenir la providence des indigents de Gordes comme vous l'êtes déjà de ceux des Vertes-Feuilles... — Réfléchissez, cher docteur, avant de répondre, car je vous préviens que ma femme n'admet pas la possibilité d'un refus...

Tandis que le comte parlait, une ardente rougeur avait envahi le visage de Maxime Giraud.

Cette coloration inaccoutumée ne dura que quelques secondes et le jeune homme devint très-pâle.

Un combat violent se livrait en lui.

Céderait-il à la prière de la comtesse, si courtoisement interprétée par le comte?

Certes, depuis qu'avant tout le monde il s'était dit que Jeanne et Raoul allaient s'aimer et seraient unis, il avait fait appel à toute son énergie pour combattre l'immense amour qui remplissait son âme...

Et voilà qu'au moment où l'oubli, malgré l'absence, lui semblait impossible, on venait lui demander de devenir l'assidu visiteur du château de Gordes.

Revoir Jeanne! lui parler! l'entendre! — cela était au-dessus de ses forces... au-dessus même de son courage...

Il ne pouvait pas!

— Eh bien, docteur?... — reprit Raoul étonné d'un silence dont les motifs lui échappaient.

— Eh bien, monsieur le comte, — balbutia Maxime, — il me faut vous adresser toutes mes excuses, car ma réponse ne sera point conforme aux désirs de madame de Gordes...

— Vous refusez!... — s'écria le mari de Jeanne.

— Il le faut...

— Mais, pourquoi?..

La question était embarrassante...

Quelle raison plausible pouvait en effet donner Maxime, puisqu'il devait taire la véritable, la seule bonne?

Il répondit non sans embarras :

— De Rancey à Gordes la distance est grande... — plus de vingt-quatre kilomètres, je crois...

— Qu'importe? — répliqua Raoul. — Six lieues sont peu de chose pour un médecin... — Avec un bon cheval c'est l'affaire d'une heure et demie...

— Les pauvres gens de nos environs ont pris l'habitude de compter sur moi... — poursuivit le docteur — je leur dois tous mes soins...

— Rien ne vous empêchera de les leur continuer...

— Enfin je commence à me faire une clientèle sérieuse... — De trop fréquentes absences me l'aliéneraient à coup sûr, et mes intérêts d'avenir seraient notablement compromis...

— N'est-ce que cela? — s'écria le comte.

— Mais, il me semble... — balbutia Maxime.

— J'ai oublié de vous dire, — interrompit Raoul, — qu'aux fonctions de médecin attitré du château de Gordes seront attachés des émoluments dont vous fixerez vous-même le chiffre, et ce chiffre, quel qu'il soit, me paraîtra modeste...

Pour la seconde fois depuis le commencement de l'entretien Maxime rougit jusqu'au blanc des yeux.

— Ah ! — murmura-t-il avec une expression profondément triste, — aurai-je la douleur et l'humiliation que vous voyiez dans tout ceci une question d'argent...

— Et, quand cela serait, quoi de plus simple?...
— Tout homme que le hasard n'a point fait naître riche doit vivre de sa profession... — C'est absolument honorable...

— Oui sans doute, mais en ce qui me concerne aujourd'hui cela n'est pas... — Je n'ai, je vous assure, aucune arrière-pensée cupide... — Je suis reconnaissant de la preuve de confiance et d'estime que madame de Gordes veut bien me donner, et, si je refuse, c'est que je ne puis accepter.

— Ainsi, — demanda Raoul froissé malgré lui, — c'est votre dernier mot?

Maxime répondit par un geste affirmatif.

Le comte se leva.

— Je regrette, — fit-il, — une décision à laquelle ma femme s'attendait peu... — Cette décision paraît irrévocable à tel point que je me reprocherais d'insister... Adieu donc, monsieur le docteur, puisque vous me privez du plaisir de vous dire : *Au revoir*...

Raoul salua Maxime avec une politesse un peu roide et, sans lui tendre la main cette fois, se dirigea vers la porte.

Le jeune médecin sentit son cœur se briser.

— Que va-t-elle penser de moi?... — se demanda-t-il avec amertume.

Raoul touchait déjà le bouton de la serrure.

— Monsieur le comte... — fit Maxime.

Raoul s'arrêta et se retourna.

— J'ai dû malgré moi, — poursuivit le docteur, — décliner l'offre d'une position qui serait enviée de tous mes confrères, mais si, ce qu'à Dieu ne plaise, madame la comtesse se trouvait souffrante un jour... souffrante assez gravement pour vous inspirer quelque inquiétude, faites-moi prévenir, je vous en supplie... j'accourrais au premier appel...

— Je vous remercie, monsieur, — répondit le comte; — mais permettez-moi d'espérer que cette occasion de mettre votre bon vouloir à l'épreuve ne se présentera pas...

Et il sortit.

Maxime se laissa tomber sur son siége et quand

2.

la porte extérieure se fut refermée, quand le bruit des pas des chevaux eut cessé de se faire entendre, il enfouit dans ses deux mains son visage baigné de larmes.

En ce moment madame Giraud franchit le seuil du cabinet de travail et vit son fils dans cette attitude désolée.

— Mon enfant, mon cher enfant, qu'as-tu donc? — s'écria l'excellente femme.

Le docteur, écartant ses mains, montra sa figure défaite.

— Vous savez bien que je souffre... — répondit-il. — Vous savez bien que mon mal est incurable... — Je vous ai montré la blessure... Vous en avez sondé la profondeur...

— Ainsi, tu l'aimes toujours?...

— Toujours et pour toujours... — Je l'aime à en mourir, et cet amour ira grandissant jusqu'à la fin... Cet amour me tuera...

— Qui était là, près de toi, tout à l'heure?

— Le comte de Gordes.

— Son mari!...

— Oui... son mari!...

— Que voulait-il?...

Maxime répéta d'une façon presque textuelle l'offre que Raoul était venu lui faire de la part de Jeanne.

— Et tu as refusé? — reprit madame Giraud.

— Est-ce que je pouvais accepter? — Non! cent
fois non ! je ne le pouvais pas!... — Vous comprenez bien cela, ma mère...

— Oui. Je ne le comprends que trop.

— Et pourtant, — continua le médecin, — celle que
j'aime en secret, de loin, plus que ma vie et plus que
tout, l'enfant adorée qui m'appelait son ami, va
croire à mon ingratitude, à mon indifférence, à mon
égoïsme peut-être!... — Et n'ai-je pas l'air, en
effet, de répudier mes chers souvenirs?... — A cet
oubli brutal elle répondra par son dédain, et demain
elle aura chassé mon nom de sa mémoire!... — Oh
ma mère !... ma mère, je suis bien malheureux !...

IV

Jeanne attendait le comte avec impatience.

Dès qu'il fut descendu de cheval elle lui sauta au cou avec cette vivacité presque enfantine que le mariage ne lui avait point fait perdre, et qui était l'un des plus gracieux côtés de son exquise nature.

— Cher Raoul, — lui demanda-t-elle ensuite, — vous venez de Rancey?

— Oui, ma mignonne, — répondit M. de Gordes.

— Vous avez vu notre bon docteur?

— J'ai vu M. Maxime Giraud.

— Vous vous êtes acquitté de la mission dont je ous avais chargé pour lui?

— J'ai dit ce que vous auriez dit vous-même...

— Le docteur a été heureux de mon souvenir,

n'est-ce pas? — Il accepte nos propositions et nous ne tarderons point à le voir?

Raoul secoua la tête.

— Je vous apporte une déception, ma chérie, — répliqua-t-il. — M. Giraud ne viendra pas...

— C'est impossible... — s'écria Jeanne.

— C'est absolument vrai cependant. — Il décline les offres faites en votre nom... — Il refuse d'être médecin en titre du château de Gordes et des pauvres de nos environs.

Jeanne semblait atterrée.

— Mais pourquoi ce refus? — murmura-t-elle.

— Les motifs allégués par le docteur m'ont paru déplorables et sont évidemment des prétextes... — Il se retranche derrière le nombre de kilomètres séparant Gordes de Rancey... — Il craint de perdre sa clientèle... — Il était très-embarrassé d'ailleurs, et très froid... Ma présence le gênait... — A peine cherchait-il à cacher sa contrainte... — Quand je lui ai tendu la main il ne m'a donné la sienne qu'avec hésitation, je me souviens de cela maintenant...

— Mais encore une fois, pourquoi? — répéta la petite comtesse dont les larmes semblaient prêtes à couler.

— Je l'ignore... la seule raison qui me paraisse expliquer d'une façon quasi plausible sa nouvelle attitude est celle-ci : — Le docteur Giraud appartient à la bourgeoisie; je suis gentilhomme et titré, ce qui, à notre époque, constitue aux yeux de bien des gens un crime irrémissible...—Il est presque pauvre, nous sommes très-riches... — Peut-être jalouse-t-il notre fortune et ne peut-il vous pardonner d'être comtesse de Gordes...

— Non! non! non! — s'écria Jeanne. — Ce n'est pas cela, j'en suis sûre...

— Alors, qu'est-ce donc?

— Je ne sais et je cherche en vain, mais je connais trop bien le docteur pour le croire capable d'un sentiment bas comme le serait l'envie!... — Envieux! lui!... Allons donc! c'est un cœur d'or!.. c'est une âme d'élite!...—Que lui importent notre titre et notre richesse? Pourquoi les jalouserait-il? — Il n'a besoin de personne... son intelligence et son talent le font l'égal de tout le monde, et il ne l'ignore point... Même au moment où il me blesse, je tiens à lui rendre justice... — Il y a quelque chose que nous ignorons et que nous ne pouvons deviner, mais qui à coup sûr n'a rien de vil... — Le docteur par son refus me cause un vif chagrin, et pourtant je ne veux ni ne peux lui retirer mon estime, sachant qu'il la mérite!...

— Quelle éloquence, ma chérie!... — fit Raoul en souriant. — Comme vous défendez ceux qui ont eu le bonheur d'être de vos amis!...

— Je défendrais mes ennemis de la même façon —
répliqua Jeanne, — si j'avais des ennemis et s'il m'é-
tait prouvé que l'attaque est injuste... Et vous
verrez un jour qu'en accusant Maxime Giraud vous
l'accusiez à tort...

L'entretien changea de sujet.

Pendant quarante-huit heures la petite comtesse
fut un peu triste.

Elle ne prenait point son parti de la défection du
médecin, tout en plaidant contre elle-même sa cause
insoutenable.

Heureusement, le troisième jour, une joie vive
et inattendue vint la rasséréner.

Elle rentrait de ses courses matinales.

Un valet de chambre lui demanda :

— Madame la comtesse veut-elle recevoir une pauvre femme de la campagne qui sollicite une au-
dience? — Elle vient du côté des Vertes-Feuilles, a-
t-elle dit, et paraît très-fatiguée... — Deux petits
garçons l'accompagnent...

— Je la recevrai certainement, et tout de suite, —
répliqua Jeanne. — Conduisez cette pauvre femme
au petit salon... — Je vais l'y rejoindre...

Deux minutes plus tard madame de Gordes franchissait le seuil de la pièce désignée, et Geneviève,
s'agenouillant presque devant elle, lui prenait les
deux mains et les couvrait de baisers.

Geneviève, — (peut-être nos lecteurs ne l'ont-ils pas oublié) — était cette jeune femme, restée veuve avec deux enfants, et que la mort du bûcheron son mari avait plongée dans une effroyable misère, ayant pour conséquences fatales le désespoir et la maladie.

Jeanne s'était prise d'affection pour l'infortunée, qui méritait d'ailleurs un intérêt sans bornes.

Grâce aux soins affectueux du *bon ange*, secondé par Maxime Giraud dans son œuvre de dévouement, nous avons vu Geneviève triompher d'un mal qui semblait incurable.

La mort vaincue s'était éloignée sans emporter la victime promise...

On se souvient de la scène touchante dont la chaumière de Geneviève avait été le théâtre.

— Vous avez entendu le docteur, — avait dit Jeanne, — il est plein d'espoir... — Je veux que vous guérissiez vite et, quand vous serez tout à fait remise, je tâcherai de vous trouver quelque travail facile qui vous fera vivre sans trop de fatigue...

— Vivre !... — s'était écriée Geneviève. — Oui, je veux vivre... Vivre par reconnaissance ! Vivre pour vous aimer ! Vivre pour vous servir à genoux !...

Et comme Jeanne s'efforçait de calmer la convalescente, cette dernière avait répliqué :

— Est-ce que c'est possible, mam'selle, d'avoir du calme quand le cœur déborde ? Je me croyais perdue... je me sentais mourir... et je mourais avec désespoir, laissant derrière moi deux orphelins... deux affamés... roulant les grands chemins... traînant la besace... sans soutien contre les tentations de la faim et les conseils des mauvaises gens... — mendiants d'abord et, qui sait, voleurs peut-être un jour... — Vous êtes venue... vous m'avez sauvée... je pourrai vivre... je verrai mes garçons grandir... j'en ferai d'honnêtes gens, de bons sujets, des travailleurs comme était leur père... Ah! mam'selle Jeanne, qu'on me demande de donner ma vie pour vous! on verra si j'hésite...

Et la pauvre veuve avait ajouté, tandis que d'abondantes larmes jaillissaient de ses yeux et ruisselaient sur ses joues :

— Je pleure... oui, c'est vrai, je pleure... mais ça fait du bien, ces larmes-là!... Je n'ai point de chagrin, allez!... — Je suis heureuse... je suis forte...

C'est cette digne femme qui venait d'arriver au château de Gordes et qui, presque agenouillée, baisait les mains de la petite comtesse.

Jeanne, les yeux humides, la contraignit à se relever et l'embrassa en lui disant:

— Geneviève... bonne Geneviève... Ah! que je suis contente de vous voir...

— Et moi donc, mam'selle Jeanne... c'est-à-dire

madame la comtesse... — balbutia la nouvelle **venue** suffoquée par l'émotion.

La veuve du bûcheron des Vertes-Feuilles, âgée de trente ans à peine, était grande, mince, et d'apparence honnête et douce.

Elle avait été jadis presque jolie au moment de son mariage, et fraîche alors comme une rose de mai.

De cette beauté du diable il restait peu de traces.

Les excès de travail, les privations, le chagrin, la maladie, s'étaient chargés de vieillir Geneviève avant l'âge, de flétrir ses traits, de sillonner son front et ses joues de rides profondes, de mêler enfin de nombreux fils d'argent à sa chevelure brune encore épaisse.

Mais la pauvre femme conservait une sorte de distinction relative ; — le feu de la reconnaissance brillait dans ses yeux noirs ; — on pouvait lire sur son visage l'affection sans limites et le dévouement sans bornes.

Tout en elle inspirait la sympathie.

Son costume de paysanne, les vêtements et de ses deux enfants, étaient d'une rigoureuse propreté et ne sentaient point la misère.

Les chaussures poudreuses indiquaient seules que la mère et les fils venaient de faire à pied une longue course.

Après avoir embrassé sa protégée, madame de

Gordes embrassa les petits garçons et demanda :

— Vous venez des Vertes-Feuilles, bonne Geneviève ?

— Oui, madame la comtesse.

— Mais il y a plus de six lieues, des Vertes-Feuilles ici...

— Nous sommes partis dès le point du jour... — Les enfants marchent bien, et c'est moi qui suis la plus lasse... c'est-à-dire je l'étais en arrivant, mais dans les maisons comme celle-ci, les serviteurs suivent l'exemple des maîtres... On nous a fait manger pendant que nous attendions madame la comtesse, et je ne sens plus ma fatigue.

— Vous allez tout à fait bien, maintenant, Geneniève ?

— Oui, madame, grâce à vous et grâce au bon Dieu ?... — Mes forces sont revenues... — Le cher docteur Maxime Giraud m'a dit l'autre jour que je ne m'étais jamais si bien portée qu'à présent...

Le nom de Maxime fit passer un nuage sur le front de Jeanne.

Après un instant de silence, elle reprit :

— Je suis heureuse de ce que vous m'apprenez, Geneviève, mais il ne faut point abuser de ces forces si vite revenues... — Quel motif vous poussait à faire aujourd'hui un véritable voyage ? — Avez-vous quelque chose à me demander ?...

— Oui et non, madame la comtesse...

— Expliquez-vous, bonne Geneviève...

— Je n'ai besoin de rien, — continua la veuve, — puisqu'au moment où vous avez quitté les Vertes-Feuilles après votre mariage, vous m'avez fait remettre une somme plus que suffisante pour nous assurer du pain pendant bien des mois... J'ai donc le temps de trouver du travail... et d'ailleurs les enfants grandissent et pourront bientôt gagner leur vie chez des métayers...

Geneviève s'interrompit.

— Eh bien ? — demanda Jeanne.

— Eh bien, madame, je devrais me trouver heureuse, à moins d'être une ingrate, et grâce à Dieu je ne mérite pas ce reproche... — Et pourtant je suis malheureuse...

— Malheureuse ! — répéta madame de Gordes.

— Oui, madame...

— Pourquoi ?

— Parce qu'il me manque une chose sans laquelle je ne puis vivre...

— Et, cette chose ?

— C'est vous, madame !... — répondit Geneviève avec exaltation. — Si j'existe encore, si mes enfants ne sont pas orphelins, c'est à vous que je le dois, vous le savez bien, et pendant ma maladie j'avais pris l'habitude de vous voir tous les jours... d'enten-

dre tous les jours votre douce voix qui me remuait
l'âme... — Depuis que la guérison est venue, et que
vous êtes partie, je suis pareille à un corps sans
âme... Je n'ai de courage à rien... Je vais m'asseoir
le tantôt, et jusqu'au soir, sur le seuil de ma porte,
regardant la route au loin, sachant bien que vous ne
viendrez pas, et cependant vous attendant, vous
espérant toujours... — Alors la quenouille me tombe
des mains... mon cœur grossit, mes yeux se gonflent,
et sans pouvoir m'en empêcher je pleure comme si
j'avais perdu mes deux fils... — Ayant déjà la tête
un peu faible, la peur m'a prise de devenir folle tout
à fait... — Je me suis dit : — Là-bas, au château de
Gordes où l'on occupe tant de monde, il y a bien
sûr quelque ouvrage qui n'est pas au-dessus des forces
d'une pauvre créature comme moi... Je vais aller
trouver madame... Je la supplierai de me donner
chez elle une petite place... toute petite... bien
humble... — Je suis prête à tout faire... je serai trop
contente d'être au-dessous des derniers serviteurs...
— Au moins je vivrai près de madame... je saurai
que je sers madame... et je verrai madame de loin...
— Voilà pourquoi je suis venue... — Mon Dieu...
mon Dieu... je fais pleurer madame...

La petite comtesse, le cœur gonflé d'attendrissement, avait en effet le visage baigné de larmes. — Elle
se jeta dans les bras de la paysanne en balbutiant :

— Ah! Geneviève... bonne Geneviève, vous ne me quitterez plus !... plus jamais !...

Le lendemain la veuve du bûcheron était promue à la dignité de femme de chambre ; Jeanne se réservait de la mettre elle-même au courant de son service, et les deux petits garçons commençaient leur éducation agricole dans une des fermes du château...

V

Trois mois environ après le mariage de Jeanne, Jules Leroux pensif et la tête un peu basse allait et venait comme un ours en cage dans le salon des Vertes-Feuilles, fumant un gros cigare que par moments il laissait presque éteindre et dont, une minute après, il tirait distraitement d'énormes bouffées de fumée blanche.

L'ex-banquier, tout en marchant, monologuait ainsi :

— J'ai de la chance et je n'en ai pas...

« Lazarine marquise, Jeanne comtesse, et toutes les deux richissimes, c'est superbe à coup sûr et, même au temps de ma splendeur, je n'aurais pu rêver de plus brillantes alliances...

» Donc je dois être satisfait... — Donc, en me

plaignant, je serais injuste, et pourtant je me plains, et pourtant j'ai raison... — Certes les choses ne vont pas mal, mais au point de vue de mon intérêt personnel elles pourraient aller mieux...

» Si Raoul de Gordes, — (charmant garçon que j'aime beaucoup), — au lieu d'épouser Jeanne avait pris Renée pour femme, ainsi que j'y comptais d'abord, quelle différence! et comme ma vie s'arrangerait d'une façon vraiment confortable!

» Il faut en convenir sans détour, puisqu'à soi-même on ne cache rien, Renée me pèse au delà du possible! — Enervée, énervante, prétentieuse, envieuse, orgueilleuse, elle a tout ce qu'il faut pour être intolérable!... — Lazarine, qui n'est pas très-bonne, était un ange à côté de Renée, et c'est la pire de mes filles qui reste sur mes bras!... La voilà, la déveine! la voilà!...

» Quel service, grand Dieu, m'aurait rendu le comte en me débarrassant de Renée!...

» Jeanne du moins, pauvre mignonne, n'était non plus gênante que l'agneau paissant l'herbe verte sur les gazons fleuris!

» Seul avec elle, je redevenais absolument garçon, maître de disposer à ma guise de mon temps, de ma personne et de mon argent.

» Jeanne ne demandait qu'à trouver tout bien...

» Quel trésor que cette enfant-là!

» Je suis ravi qu'elle soit heureuse mais, si la chose eût dépendu de moi, ce n'est pas elle, assurément, qui serait comtesse de Gordes !

» Je m'ennuie ici, moi, que diable ! J'ai la nostalgie de Paris... — Il faut à tout prix trouver le moyen d'aller m'y retremper un peu... — Renée ne sera pas contente... Je n'y puis rien... Tant pis pour elle... — Elle est trop égoïste, aussi, et l'égoïsme est un défaut fort laid !

» Je vais la prévenir de mon prochain départ et j'y mettrai des formes...

» Pauvre chère petite Jeanne, comme elle aurait bien pris la chose !...»

Jules Leroux avait pour principe qu'il ne fallait jamais remettre au lendemain ce qui pouvait se faire sur-le-champ.

En conséquence, ayant sonné, il demanda où était sa fille.

— Mademoiselle est dans le parc... — répondit le valet de chambre.

L'ex-banquier sortit à son tour et se dirigea vers l'allée de charmilles à l'ancienne mode, formant un tunnel végétal sur l'un des côtés de l'habitation.

A l'extrémité de ce tunnel se trouvait une sorte de cabinet de verdure construit en treillages recouverts de liserons, de vignes vierges et de volubilis.

Renée allait parfois dormir, ou tout au moins

3.

bâiller, dans ce réduit agreste, aux heures tièdes de la journée.

Elle s'y trouvait en ce moment, et si complétement absorbée que Jules Leroux put arriver à quelques pas d'elle sans qu'elle l'eût entendu venir.

Assise sur un banc rustique, les mains jointes sur les genoux, la tête renversée en arrière, la jeune fille ne faisait aucun mouvement. — On aurait pu la croire endormie sans ses yeux noirs largement ouverts.

Son beau visage un peu amaigri offrait dans son immobilité marmoréenne une expression presque menaçante.

Au moment d'entrer dans le cabinet de verdure, Jules Leroux s'arrêta et regarda Renée pendant quelques secondes.

— Sapristi! — pensa-t-il, — la physionomie de l'aimable enfant n'est point caressante! il s'en faut! — Comment une fille si jolie vient-elle à bout d'avoir l'air si dur?

Puis, tout haut :

— Est-ce que tu dors? — demanda-t-il.

Renée fit un mouvement brusque, comme quelqu'un qui s'éveille en sursaut, — et nous savons pourtant qu'elle ne dormait pas.

Ses prunelles sombres se tournèrent vers Jules Leroux.

— Tiens, c'est toi, papa! — dit-elle.

— Naturellement. — Es-tu là depuis longtemps?

— Je ne sais... — Je rêvais...

— Tout éveillée?...

— Oui, tout éveillée...

— A quoi?

— A tant de choses, que je serais fort en peine s'il fallait les énumérer...

— Est-ce que je te dérange?

— En aucune façon... — D'ailleurs, si cela était, je suis trop bien élevée pour en convenir. — On dirait que ça t'étonne?

— Je viens causer...

— Eh bien, causons !... — Assieds-toi près de moi, sur ce banc... mais je te préviens qu'il est dur...

— Merci ! — J'aime mieux rester debout...

— A ton aise... et va ! je t'écoute...

Jules Leroux toussa deux ou trois fois, pour s'éclaircir la voix ou pour dissimuler son embarras, car au fond l'entretien lui semblait moins facile à aborder qu'il ne se l'avouait à lui-même.

Renée, distraite de nouveau, suivait des yeux sa petite pantoufle qu'elle faisait sauter au bout de son pied cambré.

— Tu sais, — commença l'ex-banquier, — que ce matin, pendant le déjeuner, j'ai reçu des lettres de Paris...

— Je sais que tu as reçu des lettres, mais je ne sais

pas d'où elles venaient et, jusqu'à nouvel ordre, je ne tiens guère à le savoir...

— A la suite de ma liquidation, — continua Jules Leroux, — je restai possesseur d'une créance qui paraissait à cette époque ne valoir absolument rien...

— Qu'est-ce que tu veux que cela me fasse?...

— Puisque tu te prétends si bien élevée, donnes-en donc la preuve en ne m'interrompant point à chaque mot!... — Or, on m'écrit que la maison dont je suis créancier se relève d'une façon inattendue, et que sans doute il sera possible de toucher tout ou partie du montant de ma créance...

— S'agit-il d'une grosse somme? — demanda vivement Renée.

— Il s'agit d'une cinquantaine de mille francs.

La jeune fille haussa les épaules et fit la moue.

— Une goutte d'eau!... — murmura-t-elle.

— Tu en parles bien à ton aise!... — Une goutte d'eau de cinquante mille francs vaut la peine qu'on s'en préoccupe.

— Qui t'empêche de t'en préoccuper?

— Mon correspondant ajoute que ma présence à Paris est indispensable pour le règlement de cette affaire...

— De sorte que?... — fit Renée dont la physionomie s'anima tout à coup et dont les yeux brillèrent.

— De sorte que je vais partir... — acheva Jules
Leroux.

— Quand ?

— Demain sans doute...

— Sois tranquille, ce n'est pas moi qui te retarde-
rai... — Je serai prête de bon matin... Je serais prête
ce soir au besoin...

L'ex-banquier regarda sa fille avec stupeur.

— Hein ?... tu dis ?... — balbutia-t-il, en homme
qui se figure avoir mal entendu.

— Je dis que mes trois robes seront vite emballées...
— Je n'emporterai qu'un seul chapeau... — il sera
sur ma tête... — j'achèterai à Paris ce qu'il faudra...

— Nous ne nous comprenons pas du tout... — in-
sinua Jules Leroux.

— Comment ?

— Mon voyage sera très-court, consacré uniquement aux affaires, et j'ai l'intention d'aller seul...

Renée se leva d'un bond, le sang aux pommettes,
l'éclair aux prunelles, et reprenant pour la circonstance les locutions de haute fantaisie et la langue
verte du temps des gommeux, s'écria :

— C'est-à-dire que tu comptes me laisser moisir
dans cette bicoque, et, si je réclame, m'envoyer pro-
mener, tandis que tu t'en iras te ballader et cascader
en catimini, comme un père sournois que tu es ! —
Ah ! mais non ! — C'était bon avec Jeanne qui est

une pintade sans défense, ces balançoires-là ! — Il ne faut pas me la faire à moi, tu sais ! Ça ne prendrait ni peu ni beaucoup ! — Rester ici toute seule ! — Plus souvent ! — Jamais de la vie ! — Ainsi, papa, si tu pars, je pars ! — C'est vu, c'est entendu, c'est réglé ! — Mets-toi bien ça dans la cervelle et n'en parlons plus !

Jules Leroux subit avec résignation cette bordée formidable mais, ne se tenant pas encore pour battu complétement, il essaya de la persuasion.

— Songe donc, ma chère enfant, — reprit-il, — que je passerai tout au plus une semaine à Paris.

— Une semaine gagnée sur l'ennui qui me mine, ça vaut toujours mieux que rien !

— Je logerai à l'hôtel.

— Raison de plus ! c'est très-amusant, l'hôtel... je raffolle de la vie d'auberge.

— Il me faudra courir du matin au soir pour le règlement dont je t'ai parlé...

— Je sortirai de mon côté... je suis grande fille et je connais Paris !...

— Ce serait inconvenant...

— Je me moque des convenances...

— Tu me gênerais beaucoup...

— Que veux-tu que j'y fasse? ... — Ma place est près de papa... Tu es papa, je me cramponne à toi !

Jules Leroux frappa du pied.

— Et si je refuse de t'emmener ? — demanda-t-il
avec impatience, presque avec colère. — Si je te
défends de me suivre ?

— Je me passerai de ta permission...

— Je voudrais bien voir ça !

— Oh ! tu le verras, sois tranquille ! je te laisserai filer, et je filerai après... Le *compartiment des
dames seules* sauvegardera les convenances auxquelles tu parais tenir si fort... — Tu te croi-
ras libéré de ta fille... et crac ! la porte s'ouvrira...
Coucou ! c'est moi !...

— Tu ne sais pas même où je descendrai...

— J'irai te demander au Grand Hôtel d'abord, et
dans tous les autres bons endroits... — D'ailleurs
je sais l'adresse de ton antique ami, le prince de
Castel-Vivant... — Il me renseignera sur ton compte
et m'aidera à te dépister.

Renée avait réponse à tout...

Jules Leroux prit sa tête dans ses mains avec une
désolation comique...

Si véritablement sa fille s'attachait à lui, ainsi
qu'elle en manifestait l'intention avec tant d'énergie,
adieu ses beaux projets de plaisir, de vie libre et
joyeuse...

Autant presque vaudrait rester aux Vertes-Feuilles !

Tandis que l'ex-banquier, fort tristement, songeait

à ces choses, Renée l'examinait d'un œil fixe où s'allumait une résolution mauvaise.

— Écoute, — fit-elle tout à coup, — ça t'ennuie effroyablement de me traîner comme un boulet et de m'avoir sur les épaules à Paris... C'est clair comme le jour...

— Oh! oui!... — grommela le père fantaisiste. — Oh! oui, ça m'ennuie ferme! ...

— Eh, bien, — reprit la jeune fille, — il existe un moyen de tout concilier ...

— Lequel? parle vite!

— Ce voyage à Paris n'a rien, au fond, qui me séduise beaucoup... — Je ne refuse point de rester, mais je ne veux pas rester seule... — Arrange ça...

— Comment?...

— Conduis-moi au château de Gordès, demande à ma chère sœur Jeanne de me garder chez elle pendant ton absence... et je te mets la bride sur le cou...

VI

Jules Leroux regarda sa fille avec une surprise qu'il ne chercha point à dissimuler.

— Parles-tu sérieusement? — fit-il.

— Certes! — répliqua Renée, — et je ne comprends rien à l'étonnement que tu manifestes!...

— Tu songes à passer auprès de Jeanne le temps de mon voyage?...

— Pourquoi non? — Ne suis-je pas allée en Italie avec Lazarine? — Jeanne est ma sœur aussi... — Ce que l'aînée a fait pour moi, la cadette peut le faire... — C'est la chose du monde la plus simple dans des familles unies comme la nôtre...

— Jeanne va te trouver bien gênante!...

— Est-ce que je gênais Lazarine?

— Ce n'est pas du tout la même chose!...

— Où est la différence?

— La marquise de La Tour-du-Roy s'arrangeai
très-bien d'un tiers entre elle et son mari, tandi
qu'au château de Gordes tu tomberas en pleine lune
de miel de jeunes mariés amoureux...

— Que m'importe?

— Il importe fort peu pour toi, je le comprends...
— Il importe beaucoup pour eux dont tu troublera
le tête-à-tête...

— Tu as raison!... — s'écria la jeune fille avec im
patience. — J'avais tort de vouloir imposer à ma sœur
le trop lourd fardeau de ma présence... — Tu vien
de m'ouvrir les yeux... — Je renonce à ce projet ab
surde et je partirai demain avec toi pour Paris...

L'ex-banquier fit la grimace et se hâta de reveni
sur ce qu'il avait dit.

— Mais non! mais non! — s'écria-t-il, — Je me sui
mal expliqué et tu ne m'as pas bien compris... — Les
amoureux aiment la solitude, c'est certain, mais ton
séjour au château de Gordes sera néanmoins très-
naturel.

— Quand m'y conduiras-tu?

— Demain, naturellement... — l'affaire qui m'ap
pelle à Paris ne peut souffrir aucun retard.

Renée sourit.

— C'est bien... — dit-elle, — je vais m'occuper de
mes paquets... — Mon cher beau-frère les enverra

prendre ici demain soir, car il me paraît plus convenable d'arriver sans bagages.

Et la jeune fille, quittant le cabinet de verdure, prit
le chemin de la maison.

— Ouf! — murmura Jules Leroux en la regardant
s'éloigner. — Je l'échappe belle!... — J'ai failli sotte-
ment, tout à l'heure, compromettre la situation! —
Où diable avais-je donc la tête quand j'ai dit à Renée
qu'elle ennuierait Raoul et Jeanne?... — Qu'elle les
fatigue tout à son aise, je m'en moque, pourvu
qu'elle me laisse en paix!... Qu'est-ce que ça peut me
faire, à moi, l'ennui des autres?...

Lendemain matin on avança le déjeuner aux Vertes-Feuilles et, vers onze heures, l'ex-banquier partit
pour Gordes avec Renée dans la coquette victoria
donnée par Lazarine et attelée d'une paire de jolis
chevaux anglais, cadeau tout récent du jeune comte.

Une carriole de fermier devait conduire directe-
ment au chemin de fer la valise du vieux viveur.

Lorsque le père et la fille arrivèrent Jeanne était
seule au château, M. de Gordes ayant été obligé de se
rendre à Orléans, pour s'occuper d'un ennuyeux
procès qu'un de ses voisins lui intentait à propos
d'une servitude.

La petite comtesse aimait tendrement son père et
sa sœur et les reçut avec une joie franche.

— Ah! — s'écria-t-elle après les avoir embrassés,

— que Raoul aura de chagrin ! Il est absent, figurez-
vous, lui qui ne sort jamais, et nous déjeunerons sans
lui !... Heureusement il sera de retour assez tôt pour
dîner avec nous, car vous dînerez ici, j'y tiens absolument et, si vous voulez être bien gentils, vous y
coucherez...

— Nous avons déjeuné avant de quitter les Vertes-
Feuilles, chère mignonne, — répondit Jules Leroux,
— et à l'heure où vous vous mettrez à table je serai
plus près de Paris que d'Orléans...

— Tu vas à Paris, papa ?...

— Oui, chérie... — Une affaire importante...

— Une affaire comme avant mon mariage ? — demanda Jeanne en souriant, non sans un peu d'inno-
cente malice...

L'ex-banquier ne sentit pas la pointe émoussée de
cette épigramme anodine, et répliqua d'un ton
sérieux :

— Oui, tout à fait dans le même genre...

— Prends garde alors de revenir malade ! — continua Jeanne. — Tu sais, papa, que les affaires te
fatiguent beaucoup.

— Je prendrai mes précautions, je te le promets.

— Et ma sœur aura soin de toi, car je suppose
qu'elle t'accompagne.

— En croyant cela, chère Jeanne, tu te trompes...
— répliqua Renée, — Papa refuse tout net de se

charger de moi... — Il dit que je serais horriblement
gênante...

— Mais alors, — s'écria la petite comtesse, — tu
resteras seule aux Vertes-Feuilles ! C'est impossible !
Je n'y consens point ! Je te garde ! Te voilà ma
prisonnière, et je ne te rendrai la liberté qu'au retour
de papa.

— Quoi, tu veux?...

— Oh ! absolument ! toute résistance serait inutile...

— Mais, le comte?

— Eh bien ! quoi, le comte?

— S'il n'approuvait pas ton invitation...

Jeanne eut aux lèvres un sourire à la fois angélique
et coquet, tandis qu'elle hochait la tête avec une
crânerie charmante.

— Ne pas approuver mon invitation !... — répéta-
t-elle !.. — Ah ! chère sœur comme on voit bien que
tu ne connais point Raoul !... — Il sera heureux
comme moi de la voir acceptée !.. — Nous n'avons à
nous deux qu'un cœur, qu'une âme, qu'une volonté !.. — Ce que l'un de nous pense, l'autre le pense
également... — Ce que l'un de nous désire, l'autre
le désire en même temps...

— Ainsi, — demanda Renée, en faisant un violent
effort pour ne pas trahir par l'âpreté de sa voix

l'amertume de sa pensée, — ainsi tu es encore heureuse?...

— Encore, et plus que jamais, — s'écria Jeanne. — Oh ! bien heureuse !... — Je ne changerai point, n'est-ce pas? Ni Raoul non plus, c'est certain... — Nous nous aimerons toujours de même... toute la vie... et jusqu'à la mort... — Nous serons donc heureux toujours...

Jules Leroux fit semblant d'essuyer une larme au coin de son œil.

— Ma parole d'honneur, — dit-il avec un sérieux comique, — je n'ai jamais rien entendu de plus attendrissant dans aucune pièce et dans aucun théâtre !

— Tu te moques de moi, papa ! — répliqua la jeune femme en souriant. — Mais ça m'est bien égal !... — Mon bonheur est si grand !... — Aimer... être aimée... c'est si bon !... Et nous nous aimons tant !... — Personne au monde ne saura jamais combien nous nous aimons !... — Personne ne pourrait le comprendre !... — Il paraît que nous étions faits l'un pour l'autre, Raoul et moi... — Le bon Dieu nous avait fiancés... oui, papa, fiancés avant notre naissance...

En disant tout ce qui précède la petite comtesse était absolument adorable...

Rien au monde ne se pouvait imaginer de plus exquis que d'entendre cet ange aux cheveux blonds et aux yeux bleus, qui semblait une toute jeune fille, presque une enfant, parler de son chaste amour avec une exaltation passionnée.

Renée devint un peu pâle et ramena brusquement l'entretien à son point de départ.

— Ainsi donc, tu me gardes? — demanda-t-elle.

— Tu consens à rester?... — fit Jeanne vivement et joyeusement.

— Sans doute, puisque tu m'affirmes que ton mari le trouvera bon...

— Oui! oui!.. et cent fois oui!.. je le répète! je l'affirme! je le certifie!... — Je vais t'installer tout de suite... — Mais, j'y songe, tu n'as rien apporté!... — Nous irons demain aux Vertes-Feuilles chercher ce qui te sera nécessaire...

— Ne t'inquiète point de cela... — répliqua Renée en souriant, — jusqu'à la dernière minute j'ai compté que mon père m'emmènerait à Paris... — Ma malle était prête... — il suffira de l'envoyer prendre.

— J'y vais envoyer tout de suite.

Et Jeanne sortit pour donner un ordre.

— Tu vois, — dit Renée à son père avec un accent de triomphe, — je ne suis pas à charge à tout le monde autant qu'à toi! — Ma sœur ne me trouve point gênante! — Il a même été superflu de demander l'hospitalité... Jeanne me l'a d'elle-même offerte...

— Parbleu ! — répliqua Jules Leroux, — je sais bien
que Jeanne est un ange !

La petite comtesse rentra.

— Dans un quart d'heure on sera parti... — Tu
auras ta malle avant ce soir... — Viens choisir ton
appartement...

Ce choix fut une grosse affaire...

Les logements ne manquaient point au château de
Gordes, qui rivalisait de grandeur avec celui de la
Tour-du-Roy, mais les uns paraissaient trop vastes
à Renée, et Jeanne trouvait les autres trop étroits.

Elle voulait en outre que l'appartement de sa sœur
ne fût pas éloigné du sien.

Enfin, Renée déclarant de façon positive que l'ampleur exagérée d'un logis qu'elle habiterait seule le
lui ferait paraître mortellement triste, on se décida
pour un appartement tout petit, occupé jadis par la
fille d'une châtelaine de Gordes et composé de deux
pièces et d'un cabinet de toilette.

Une porte, que sa serrure et de doubles verrous
permettaient de condamner d'un côté comme de
l'autre, établissait au besoin une communication
entre ce cabinet de toilette et celui de Jeanne.

Les trois fenêtres donnaient sur le parc.

Un escalier dérobé conduisait au rez-de-chaussée
dans les serres, ou plutôt dans la réunion de splen-

dides jardins d'hiver dont nous aurons bientôt l'occasion de parler.

Rien ne se pouvait imaginer de plus coquet que
les trois pièces où Renée allait vivre pendant un
temps plus ou moins long.

Elles avaient été décorées en plein dix-huitième
siècle pour la fille de la châtelaine, et conservaient
les meubles et les tentures du temps, intacts et à
peine fanés.

Nous ne décrirons point le curieux mobilier; —
il nous suffira de dire que le *clavecin* à queue, où
d'exquises bergerades de Lancret s'enlevaient sur
un fond d'or mat rehaussé de délicates arabesques,
aurait atteint et dépassé à l'Hôtel des Ventes le
chiffre de quinze mille francs.

Tout le reste était à l'avenant.

— Te trouveras-tu bien ici ? — demanda Jeanne
à Renée.

— Trop bien! — répondit celle-ci, d'un ton où
l'amertume de sa jalousie perçait malgré tous ses
efforts. — Une pauvre fille de petite bourgeoisie, sans
dot et sans avenir, est-elle à sa place dans un logis
fait pour l'héritière blasonnée de titres et de millions
sans nombre?

La petite comtesse se jeta dans les bras de sa sœur
etcouvrit ses joues de baisers pour imposer silence
à ses lèvres.

III,   4

Vers quatre heures, Jules Leroux partit pour Orléans.

— Si je croise le comte sur ma route, — dit-il en
montant en voiture, — je ne manquerai point de le
prévenir qu'il trouvera Renée céans...

— Garde-t'en bien, papa ! — s'écria Jeanne — Ne
lui dis rien, je t'en prie ! ...

— Pourquoi ?

— Je veux jouir de la surprise de Raoul.

— Sois donc paisible... Je me tairai...

A cinq heures et demie précises, le comte de
Gordes arriva.

Il avait rencontré son beau-père, mais l'ex-ban-
quier, fidèle à sa promesse, s'était contenté de dire :
— *Je vais à Paris,* sans ajouter un mot au sujet de
Renée...

VII

— Comment, chère sœur, vous voilà ! — dit
Raoul en embrassant Renée après avoir embrassé
Jeanne. — Et mon beau-père à qui tout à l'heure
je demandais de vos nouvelles, et qui sournoise-
ment m'a laissé croire que vous étiez aux Vertes-
Feuilles ! — Que signifie cela?...

— J'avais imposé la consigne du silence à papa !
— s'écria Jeanne, — je voulais te garder le plaisir
de la surprise...

— Surprise charmante ! — fit le comte avec galanterie. — J'espère, chère sœur, — ajouta-t-il, —
que vous allez nous faire une longue visite...

Jeanne répondit pour sa sœur :

— La visite de Renée durera juste aussi longtemps
que le voyage de papa.

— Souhaitons donc, — reprit gracieusement Raoul, — que l'absence de M. Leroux se prolonge indéfiniment... — Nous avons tout à y gagner puisque, grâce à cette absence, notre chère Renée restera l'hôte du château de Gordes...

— Merci, mon frère... — dit la jeune fille en serrant la main du comte. — Je craignais presque d'avoir cédé trop vite aux affectueuses instances de Jeanne, et de vous paraître importune... — La franche cordialité de votre accueil me rassure... — Encore une fois, merci !...

Cette cordialité dont parlait la seconde fille de Jules Leroux était au fond plus apparente que réelle.

L'installation de Renée à Gordes semblait inopportune à Raoul pour un double motif.

D'abord, — ainsi que l'avait bien prévu le ci-devant millionnaire, — la jeune fille interrompait un tête-à-tête d'amoureux dont les nouveaux époux ne commençaient pas à se lasser.

Ensuite, le comte ne pouvait s'empêcher de trouver un peu fausse sa situation entre les deux sœurs.

Il n'oubliait point qu'à Venise il s'était cru très-épris de Renée.

Il comprenait bien que celle-ci, quoiqu'aucune déclaration positive ne fût venue l'encourager, avait d û prendre au sérieux ce fantôme d'amour et rêver un mariage que lui-même, à cette époque, regardait comme possible...

Certes il ne se sentait pas coupable et sa conscience ne lui reprochait rien, mais la présence de celle qui avait espéré devenir madame de Gordes, devait forcément rendre intempestifs les témoignages de tendresse qu'il aimait à prodiguer à sa chère petite comtesse.

Mais nous le répétons, Raoul, homme du monde, ayant l'habitude de la vie, ne laissa rien paraître de ce qui se passait en lui et fit, comme on dit vulgairement, bon visage à mauvais jeu.

Rien n'empêcha Renée de croire qu'elle était accueillie avec autant de plaisir par le mari que par la femme...

Le repas du soir fut très-animé.

La sœur de Jeanne, sans doute pour payer sa bienvenue, fit étinceler toutes les facettes de son esprit souple et brillant, sans se départir une minute de cette simplicité de bon goût qui seule pouvait plaire à Raoul.

Après le dîner on se promena pendant une demi-heure dans le parc, au clair de la lune, puis Renée prit possession du petit appartement Pompadour ; Jeanne l'embrassa tendrement, à dix reprises, et

4.

la quitta en lui souhaitant un calme sommeil et d'heureux rêves.

Une fois seule, et après avoir refusé les services de la femme de chambre mise à ses ordres par sa sœur, Renée s'enferma, ouvrit une fenêtre, et s'accoudant à la balustrade du balcon comme avait fait Lazarine lors de sa première visite au château de la Tour-du-Roy, elle laissa ses regards errer sur le parc dont les perspectives infinies prenaient, sous les blanches clartés de la lune, les aspects fantastiques de certains tableaux de Paul Brill.

Elle n'avait plus besoin de se contraindre ; — le masque hypocrite attaché sur son visage devenait inutile ; — l'envieuse rage qui dévorait son âme pouvait se donner un libre cours...

— Tout cela devrait être à moi !... — se dit-elle — Ce château princier, ce parc immense, ce luxe, cette fortune, m'appartenaient par droit de conquête !... — Sans moi Raoul de Gordes serait en Italie, pleurant sur le tombeau d'une morte, songeant à mourir !... mort peut-être ! — J'ai rattaché cet homme à la vie !... — J'ai chassé le spectre qui l'obsédait !... — J'ai ranimé son cœur qu'il croyait à jamais éteint !... — Oui, j'ai fait tout cela !... et tout cela je l'ai fait pour une autre !... — Mes droits étaient sacrés, pourtant, comme ceux du sauveteur sur l'épave !... — Jeanne a paru et ne m'a rien laissé! — Mari, titre, fortune, elle m'a volé tout!...

Renée frappa du pied et passa ses deux mains sur son front avec un geste de colère folle, puis elle poursuivit :

— Elle m'a volé tout...je lui reprendrai tout!... — C'est justice ! — Et je ne subirai pas longtemps son insolent bonheur !... — J'ai fini la première étape! — Je suis au sein de ce bonheur qu'il faut détruire et que je détruirai... — Mais comment?... — Par tous les moyens, car tous sont légitimes pour vaincre qui nous a vaincu!...— Jeanne est ma sœur... — Qu'importe ? Jeanne est mon ennemie, je ne la connais plus !...

La vue du lointain horizon dont la comtesse de Gordes était la souveraine maîtresse exaspérait Renée.

Elle quitta le balcon, et brusquement referma la fenêtre dont les battants se heurtèrent avec le bruit sec et sinistre du couteau de la guillotine abattant une tête.

Une lampe placée sur la cheminée éclairait faiblement la chambre.

La jeune fille alluma les dix bougies des deux candélabres, et contemplant son visage pâle reflété dans la glace entre ces nappes de feu, elle murmura :

« — Et je suis belle, cependant ! — plus belle que Jeanne ! plus belle que Lazarine aussi... Mais Lazarine a le montant des vins mousseux et des parfums

subtils... — Elle est capiteuse, elle enivre... Je
comprends que pour elle on fasse ces folies que
tant d'hommes font pour des filles... — Le vieux
marquis l'a bien prouvé d'ailleurs...

» Lazarine si blanche et si rousse, avec ses sourcils noirs, ses yeux verts, ses hanches de ballerine an-
dalouse, c'est la poésie de la chair qui s'impose et
qui parle aux sens...

» J'admets Lazarine, je nie Jeanne, car où sont
les charmes vainqueurs de cette cendrillon bourgeoise ? — Que disent ses grands yeux sans flamme
et sa jolie bouche de poupée ?... — Jusqu'à la
nuance de ses cheveux, tout en elle me semble
fade !...

» C'est en vertu de la loi des contrastes qu'elle a
conquis Raoul.,.

» Ce gentilhomme romanesque sortait d'un amour
adultère qui n'avait pas été pour lui bien fertile en
joyeux quarts d'heure...

» Il s'est épris de cette Agnès aux allures de ro-
sière et s'est mis en tête de l'épouser, par régime,
comme on prend du sirop d'orgeat après des breu-
vages trop corsés...

» Sans doute il en est amoureux, ou du moins il
le croit ce qui revient au même, mais l'illusion ne
peut durer toujours... — Un peu plus tôt ou un peu

plus tard, le comte verra qu'il s'est trompé... — Alors il regrettera peut-être...

Tout en disant ce qui précède, Renée se déshabillait d'une façon toute machinale.

Elle avait ôté sa robe, puis la brassière de satin blanc qui lui tenait lieu de corset.

Les jupons tombèrent à leur tour. — Elle resta presque nue avec sa chemise transparente qui, glissant sur les bras, découvrit le marbre de ses épaules et sa poitrine de jeune déesse.

Alors elle se contempla de nouveau dans la haute glace, et sourit à son image dévoilée, tandis qu'un éclair orgueilleux jaillissait sous ses longs cils.

— S'il m'avait vue ainsi, — murmura-t-elle, — à coup sûr, il regretterait.

Après un instant de rêverie profonde, elle reprit :

— Eh bien, il regrettera, je le veux ! — Là-bas, en Italie, il m'aimait presque... il faut qu'il m'aime ici tout à fait ! — Jeanne m'a pris l'homme dont je voulais être la femme ! je lui prendrai cet homme devenu son mari... C'est le talion, c'est la revanche !...

« On me jettera la pierre... — On dira que je suis immorale et cruelle.

» Je laisserai dire et je rirai...

» Du scandale et du bruit, des larmes, une sépa-

ration, quel régal!... Je ne m'ennuierai plus et je
serai vengée...

» Que m'importe l'opinion du monde?

» Mieux vaut être la maîtresse triomphante du
comte de Gordes que sa femme abandonnée... — Et
puis Jeanne peut mourir, et je prendrai sa place, et
j'aurai tout alors : la fortune, le cœur et le nom !... »

. . . .

Renée se dit longtemps ces choses infâmes avec
une fièvre croissante qui mettait des éclairs dans ses
yeux et teignait de pourpre ses joues pâles, puis elle
sentit son exaltation s'éteindre peu à peu et céder la
place à une immense lassitude...

Elle se jeta sur son lit et presqu'aussitôt s'endormit d'un lourd sommeil tout peuplé de rêves
sinistres où Jeanne revenait sans cesse, tantôt râlant
son dernier souffle sur une couche d'agonie, tantôt
morte et glacée déjà.

De petits coups légers frappés en dehors contre la
porte de sa chambre, l'arrachèrent à ce sommeil.

Elle se souleva sur son coude et promena ses
regards autour d'elle, ne se rendant pas compte,
dans le premier moment, du lieu inconnu où elle se
trouvait.

Il faisait grand jour.

Les rayons joyeux du soleil levant inondaient de
clartés les tentures et les meubles, et s'étalaient

sur le tapis comme un tissu d'or et de flamme.

On frappait toujours à la porte.

— Qui est là ? — demanda Renée.

— Moi... — répondit une voix jeune et fraîche, — moi, ta sœur Jeanne... je viens t'embrasser !...

Instinctivement Renée fronça le sourcil, mais composant aussitôt son visage elle sauta en bas du lit et courut ouvrir.

Jeanne, vêtue comme elle l'était le matin aux Vertes-Feuilles — (car au milieu du luxe princier de son entourage elle gardait son amour pour la simplicité) — entra comme un tourbillon, se jeta dans les bras de Renée, couvrit ses joues de baisers avec une véritable furie de tendresse et s'écria :

— Comment, belle paresseuse, encore couchée ! — A quoi penses-tu donc ? — Il est huit heures ! — Habille-toi vite ! Nous allons sortir !... — C'est si charmant, le matin, la fraîcheur, sous les grands arbres !... — Tu verras tout, jusqu'aux plus humbles sentiers du parc... — Et puis nous irons à ma laiterie où nous mangerons du pain bis en buvant du lait chaud de mes vaches bretonnes, car j'ai une laiterie, ma mignonne, comme Marie-Antoinette à Trianon, la chère bonne reine, la sainte martyre...

— J'y fais moi-même des petits fromages avec de la crème qui sent la noisette... — Relève tes cheveux...

— Mets un peignoir... — Je te donne dix minutes et

pas une de plus... — Tu auras une heure, quand nous rentrerons, pour ta vraie toilette avant déjeuner... — Et n'aie pas peur du soleil, il y a d'immenses chapeaux de paille dans le vestibule. — Inutile d'emporter une ombrelle.,. — C'est gênant, les ombrelles... on n'a pas les mains libres pour cueillir des gerbes de fleurs... — Raoul te souhaite le bonjour. — Il est sorti Raoul, à cheval ; il visite une de nos fermes, car il faut te dire, ma mignonne, que nous faisons de l'agriculture... — Tu le verras quand il rentrera...

Les dix minutes écoulées, Jeanne s'empara de sa sœur, lui mit sur la tête un large chapeau parasol — (vraie coiffure de petite fille en vacances) — l'entraîna dans le parc ; la conduisit à la laiterie ; lui fit admirer les jolies vaches bretonnes qui beuglaient de joie à sa vue et lui tendaient leurs mufles roses ; la bourra de pain bis ; l'abreuva de lait chaud ; l'égara sous les futaies ; la promena sur un lac aux eaux transparentes dans une barque en miniature, et enfin, un peu avant dix heures, la ramena très-fatiguée de cette course matinale qui n'était ni dans ses habitudes, ni dans ses goûts.

— Ah! tu ne trouveras pas le temps long! — lui dit Jeanne en la quittant à la porte de son appartement. — Ce sera tous les jours ainsi! — Hâte-toi... Je vais m'habiller. — Raoul adore l'élégance, et pour lui plaire j'essaye d'être élégante... — A tout à l'heure, chérie... Je t'embrasse et je t'aime...

Renée entra chez elle, et murmura en haussant les épaules :

— Çà, une comtesse ! — Allons donc : — C'est une pensionnaire, au parlage enfantin ! — Raoul ne l'aimera pas longtemps !

VIII

L'odieux projet de Renée nous est désormais connu. — Nous l'avons entendue l'exposer elle-même
dans tout son cynisme effronté.

S'emparer du mari de sa sœur ; désespérer Jeanne
par la trahison et l'abandon ; la tuer peut-être par
le désespoir ; voilà le but qu'elle donnait à sa vie, et
toutes ses pensées, toutes ses actions allaient tendre
à la rapprocher de ce but.

Pas une hésitation chez elle, d'ailleurs ; pas un
remords.

Cette fille envieuse et vindicative, rendue plus mauvaise encore par une éducation démoralisante, con-
sidérait de bonne foi le crime projeté comme une
revanche légitime, et croyait user d'un droit strict

en appliquant à Jeanne ce qu'elle nommait la *loi du talion*.

Entre elle et le triomphe de nombreux obstacles se dressaient ; — elle ne s'illusionnait pas à cet égard.

Pour avoir chance de renverser ces obstacles l'un après l'autre, ou de les tourner, il fallait agir avec une adresse rare, avec une prudence consommée, avec des précautions infinies...

Le plus léger manque de tact, une seule démarche hasardée, pouvaient et devaient compromettre le succès final.

Il était indispensable de calculer, de combiner tout, et de marcher lentement pour ne risquer aucun faux pas...

Rien d'ailleurs ne pressait Renée. — Son séjour au château de Gordes serait long, elle n'en doutait point.

Jules Leroux en partant avait dit, il est vrai, que son voyage ne se prolongerait guère, et qu'aussitôt ses affaires finies il reviendrait aux Vertes-Feuilles, mais Renée, nullement naïve, savait à quoi s'en tenir sur la nature des *affaires importantes* de son père.

Elle ne mettait pas en doute qu'une fois à Paris, en compagnie de son ami le prince de Castel-Vivant et saisi par les griffes roses des *Tata* et des *Nana* du monde où l'on s'amuse, il ne prolongeât indéfiniment son séjour dans le paradis des vieux viveurs...

Une semaine s'écoula...

A chaque heure et vingt fois par heure Renée se posait cette question :

— Quel est le meilleur chemin à suivre pour mener à bonne fin la séduction du comte de Gordes ? — Est-ce sur son cœur qu'il faut agir ?... — Vaut-il mieux exciter son imagination d'abord et troubler ses sens ?...

De la réponse plus ou moins juste tout dépendait ; aussi la jeune fille, avant d'ouvrir le feu, étudiait le terrain et cherchait le mot de l'énigme.

Elle eut lieu de croire, un beau jour, que le hasard lui donnait la solution vainement attendue jusque-là.

Jeanne ne faisait point grâce à Renée de la promenade quotidienne, des longues courses à travers les taillis, des stations à tous les kiosques, à tous les chalets, à toutes les grottes, enfin aux agréments variés, naturels ou artificiels, de l'immense parc de Gordes.

Un matin les deux sœurs après avoir suivi, sans intention précise d'arriver dans un endroit plutôt que dans un autre, d'interminables avenues rectilignes, coupées selon des angles tantôt droits et tantôt aigus par d'autres avenues aussi géométri-

quement correctes, s'engagèrent dans un sentier
moins bien entretenu que les autres allées, et Jeanne
prit à le suivre un plaisir d'enfant, en dépit des
herbes folles qui s'accrochaient aux jupes, et malgré
les représentations de Renée.

— Songe donc, chère sœur, — répliquait-elle en
riant, — que je n'avais jamais parcouru ce sentier,
dont j'ignorais même l'existence... — Nous faisons
en ce moment un voyage d'exploration au milieu de
terres inconnues! — Peut-être tout à l'heure serons-
nous récompensées de notre audace par quelque
découverte étonnante et superbe...

Le sentier, de plus en plus étroit, coupait au court
à travers des taillis épais. — En maint endroit des
jeunes pousses, des rejets vigoureux, barraient le
passage ; — il fallait marcher les bras en avant pour
n'avoir point le visage cinglé par les rameaux élas-
tiques qui brusquement se redressaient.

Renée furieuse était au moment de rebrousser
chemin sans mot dire.

Jeanne qui passait la première s'arrêta tout à
coup.

— Tiens! — s'écria-t-elle, — une porte!...

Le sentier si effroyablement négligé aboutissait à
la muraille d'enceinte trouée par une porte étroite
que fermait une grille aux barreaux rouillés.

La clef se trouvait dans la serrure, mais à coup

sûr cette porte ne servait plus depuis lonptemps
déjà, car des touffes de lierre avaient grimpé le
long des barreaux et leurs feuilles luisantes et pres-
sées arrêtaient le regard.

— Où mène cette porte? — demanda Renée.

— Je n'en sais rien... — répondit Jeanne, — mais
on peut voir.

— Comment?

— Je vais ouvrir...

— Tu as la clef?

— Elle est à la serrure...

La petite comtesse essaya d'ouvrir en effet, mais
elle n'y réussit point. — La clef soudée par la rouille
refusait obstinément de tourner.

— Bah! nous verrons tout de même... — reprit
Jeanne.

Avec l'aide de sa sœur elle écarta les lierres.

— C'est une route! — s'écria-t-elle, — et de l'autre
côté de cette route il y a une maison...

— Elle est même jolie, cette maison, — ajouta
Renée. — C'est une sorte de petit castel, ou tout au
moins de villa bourgeoise comme on en rencontre à
chaque pas dans les environs de Paris... — Mais castel ou villa semble désert... — Tout est clos... — A
qui cela appartient-il?

— Je l'ignore et je ne soupçonnais nullement la

présence d'une habitation si coquette à côté du parc des Gordes...

Une lueur traversa l'esprit de Renée.

— Ce doit être la Grangette, — pensa-t-elle, — et c'est pour cela sans doute que Raoul a défendu d'entretenir le sentier qui mène à la grille... — Dois-je dire à Jeanne ce que je sais, et lui raconter toute l'histoire?...

La jeune fille hésita, mais son hésitation fut courte.

— Mieux vaut me taire... — se répondit-elle. — Si Jeanne ne sait rien du roman d'autrefois, Raoul m'en voudrait d'avoir parlé...

Et elle se tut.

Tandis que Renée se consultait ainsi, on entendait résonner sur la route le bruit des fers d'un cheval qui se rapprochait rapidement, quoique marchant au pas mais du pas vif et cadencé des chevaux de sang.

Jeanne se tourna vers sa sœur et murmura près de son oreille :

— Je reconnais la marche d'*Harold*... — Voici Raoul...

— Eh bien, — répliqua Renée du même ton, — le comte t'apprendra ce que tu veux savoir...

— Oui, mais en attendant je vais lui faire une surprise...

— Laquelle?

— Tu vas voir, ou plutôt tu vas entendre...

M. de Gordes avançait toujours.

Bientôt Jeanne l'aperçut à dix mètres à peine.

Il avait l'air sombre d'un homme qu'un souvenir pénible assaille à l'improviste.

Sa tête se penchait.

Sa main laissait les rênes lâches sur la souple encolure d'Harold son grand cheval noir.

Au moment précis où il se trouvait entre la grille du logis abandonné et la petite porte du parc, Jeanne cria :

— Raoul...

L'effet produit fut immédiat mais ne ressembla point du tout à celui qu'attendait la petite comtesse.

M. de Gordes, tressaillant, chancela sur sa selle...

Il devint livide...

Enfin il arrêta brusquement son cheval, et, tournant à demi ses yeux hagards vers la maison déserte, il murmura d'une voie éteinte :

—Qui m'appelle?

Jeanne, de ses deux petites mains, écarta les feuillages pressés du lierre, et montrant son frais visage dans l'encadrement de verdure, répondit :

— Mais c'est moi, cher Raoul... — Pourquoi donc as-tu pâli? — Est-ce que je t'ai fait peur?

Renée pensait :

— Puissance effrayante d'un souvenir... Il a cru que c'était la morte !

— Réponds-moi ! Réponds-moi donc ! — reprit Jeanne ! — Ton silence m'inquiète ! T'ai-je déplu sans le vouloir ?

Raoul poussa un long soupir d'allégement, comme un homme qu'on vient de délivrer du poids énorme qui l'écrasait.

Il regarda Jeanne en souriant.

— Non, chère mignonne, — répondit-il, — tu ne m'as fait aucune peur ; rien de toi ne peut me déplaire, et je ne crois point avoir pâli, mais je n'ai pas été maître d'un premier mouvement de surprise en entendant à l'improviste une voix prononcer mon nom, sans qu'il me fût possible de deviner d'où venait cette voix.

— Ça, je le comprends... — répliqua la comtesse.

— Explique-moi donc, — reprit Raoul, — comment tu te trouves en cet endroit du parc...

— J'y suis tout à fait par hasard... Renée et moi nous avons pris à l'aventure un chemin mal entretenu qui nous a conduites à cette porte, et nous cherchions à nous orienter quand j'ai reconnu le pas d'Harold...

— Eh ! bien, retournez vite au château où j'arri-

5.

verai nécessairement avant vous, et nous déjeunerons le plus tôt possible, car j'ai grand'faim...

— Un instant, donc! —s'écria Jeanne.— Apprends-
moi d'abord ce qu'est ce petit château dont tu ne
m'avais jamais rien dit quoiqu'il soit presque chez
nous...

Le comte fronça le sourcil malgré lui.

— C'est une maison de campagne qu'on nomme
la Grangette... — répondit-il.

— Elle paraît inhabitée, cette maison... poursuivit
la jeune femme.

— Elle l'est en effet...

— Pourquoi?

— Ceux qui la possédaient sont morts.

— Il y a longtemps?

— Non, pas très-longtemps...

— Comment se nommaient-ils?

— Le baron et la baronne de Braines.

— Des vieillards?

— Non, des jeunes gens...

— Tu les connaissais?

— Oui.

— Beaucoup?

— Assez du moins pour qu'il me soit pénible
d'entendre parler d'eux, car ils sont morts bien tristement l'un et l'autre.

— Ah! pauvre ami, si j'avais su! — murmura la

comtesse, — mais, sois tranquille, je n'en parlerai plus...

Pendant que s'échangeaient ces paroles, Renée se disait :

— J'avais deviné juste !... — Raoul, en dépit du mariage, ne peut éloigner de son esprit, et qui sait ? de son cœur, le souvenir de Juliette de Braines... — Il y a là peut-être un point de départ... — J'y penserai...

— Ma sœur, — demanda Jeanne, — est-ce la première fois que le nom de ce baron et de cette baronne de Braines frappe ton oreille ?...

— Je le crois...

— Ne t'a-t-il pas semblé, comme à moi, que la voix de Raoul tremblait en prononçant ce nom ?...

— Je ne sais... c'est possible... et ce serait d'ailleurs naturel, puisque le comte connaissait ces proches voisins et qu'il les aimait...

IX

Raoul mettait à profit la présence de Renée au château de Gordes pour aller le matin visiter ses fermes, situées presque toutes dans un rayon de quatre à cinq lieues et si complétement négligées par lui depuis des années.

Sorti de très-bonne heure ce jour-là, il avait décrit une vaste courbe dans la campagne et, suivant au retour un chemin diamétralement opposé à celui par lequel il était parti, il s'était trouvé presqu'à son insu en face de la Grangette dont la vue lui causait une sensation pénible et remettait fatalement sous ses yeux un douloureux passé.

Le comte et les deux sœurs se retrouvèrent à table.

Jeanne évita de faire la moindre allusion à la promenade du matin.

Après le déjeuner elle alla chercher un livre à la

bibliothèque, pour élucider une question de géographie au sujet de laquelle Renée n'était pas d'accord avec elle.

Raoul dit à la jeune fille, en passant au salon :

— Chère sœur, vous avez compris l'incident de ce matin et la cause du trop visible embarras que je ne pouvais dissimuler...

— De quel incident et de quel embarras parlez-vous, mon frère? — demanda Renée dont la physionomie exprima la surprise.

— Eh! vous le savez bien, — continua Raoul.— A Venise le marquis de la Tour-du-Roy vous a raconté tout, et vous m'avez témoigné, chère sœur, lors de ma première visite au palais Cavello, une compassion touchante dont mon cœur vous sera toujours reconnaissant...

— Eh bien? — demanda Renée.

— Eh bien, — poursuivit le comte, — je désire ardemment que Jeanne ignore le noir roman dont ma folie a fait une réalité... — La chère enfant, qui m'a donné les prémices de son cœur, croit dans sa naïveté sainte que le mien n'a battu que pour elle... — Je souhaite de toutes mes forces qu'elle conserve cette croyance dont la perte la ferait souffrir... — Je vous prie donc, ma sœur, je vous supplie de me garder le secret, et de ne jamais apprendre à Jeanne ce que Juliette de Braines fut véritablement pour moi...

— Ah ! soyez tranquille !... — s'écria presqu'avec exaltation la seconde fille de Jules Leroux, — Votre secret sera bien gardé !... — Un chagrin, quel qu'il soit, ne vous viendra jamais par ma faute !... — Je vous aime trop pour vous trahir !...

— Merci, ma sœur ! — répondit Raoul en serrant les mains de Renée à qui cette caresse fraternelle parut causer une étrange émotion.

En ce moment Jeanne rentra, portant d'une main un gros livre et de l'autre un atlas in-folio.

— C'est moi qui avais raison ! — dit-elle en riant. — J'ai vérifié là-haut... voici le volume et voici l'atlas ! — vérifie à ton tour, et tu verras comme je suis savante !...

. . . .

Si vive que fût sa tendresse pour sa sœur, Jeanne n'aurait point accepté que la présence de cette dernière dans son intérieur amenât la suppression de ces adorables tête-à-tête dont les jeunes mariées, même les plus candides, sont friandes.

Trop intelligente pour froisser Jeanne et pour se rendre importune, Renée passait dans son appartement la plus grande partie des après-midi, laissant le comte et la comtesse libres de s'isoler à leur guise.

Ce jour-là, au lieu de tuer les heures comme de coutume en parcourant quelque livre ennuyeux ou en martelant de ses doigts distraits les touches du clavecin Pompadour, elle mit dans sa poche un petit flacon d'huile odorante qui se trouvait avec d'autres parfums sur la table du cabinet de toilette ; elle se coiffa du grand chapeau de paille destiné à servir de parasol ; puis elle s'enfonça dans le parc et se mit en quête du sentier mal entretenu suivi par elle et par sa sœur le matin de ce même jour.

Elle le trouva, — non sans quelque peine, — et s'y engagea, en ayant soin de ramasser le long du chemin deux ou trois de ces longues plumes que les hôtes des grands parcs, le faisan aristocratique aussi bien que la pie roturière, perdent au moment de la mue.

Elle atteignit la petite porte faisant face à la Grangette et, tirant de sa poche le flacon dont elle allait changer si complétement la destination, elle imbiba d'huile parfumée une plume de faisan et l'introduisit à plusieurs reprises dans la serrure rouillée.

L'effet attendu ne tarda pas à se produire.

Pour les soudures résultant de la rouille l'huile est un dissolvant d'une puissance irrésistible. — La clef tournant un peu d'abord, puis davantage, puis complétement, fit jouer le pêne dans la gâche. — La porte pivota sur ses gonds avec un grincement sourd qui semblait une protestation.

Renée foula le sol de la route, car nous ne saurions appeler rue le grand chemin bordé d'un côté par les murailles du parc, et de l'autre par les murs d'enceinte des jardins de la Grangette.

Le village de Gordes était distant de plus d'un kilomètre.

Sur la route, — aussi loin que le regard pouvait s'étendre à droite et à gauche, — personne.

La jeune fille tourna ses yeux vers la Grangette qui l'attirait, et fit un geste de surprise ; — surprise légitime s'il en fut !

Cette habitation déserte, où la mort avait fait le vide, semblait momentanément animée.

La grille d'entrée disjoignait ses battants que le cadenas suspendu au bout d'une chaîne ne condamnait plus à l'immobilité.

Non-seulement les persiennes, mais les fenêtres du premier étage se montraient ouvertes au grand large, et l'on voyait une forme féminine aller et venir dans l'intérieur, un immense balai à la main.

Renée, comprenant qu'une occasion unique de satisfaire sa curiosité s'offrait à elle, s'éloigna du parc dont elle avait repoussé doucement la porte, en ayant soin de ne la point fermer tout à fait, traversa la route et se hasarda dans la cour qui s'étendait devant la façade de la Grangette.

A cent pas environ de la grille s'élevait le petit château ou plutôt le pavillon, d'une forme assez coquette, élevé d'un étage sur rez-de-chaussée et surmonté d'un toit coupé par des mansardes et que couronnaient des girouettes élégantes.

Six fenêtres trouaient le premier étage.

Au rez-de-chaussée quatre fenêtres, et deux portes vitrées auxquelles on accédait par un perron de cinq ou six marches.

La maison n'était point en pierres de taille, mais son crépissage peint à l'huile, d'un gris très-pâle, rehaussé par des peintures rouges simulant la brique pour les corniches, les angles et les encadrements des portes et des fenêtres, se détachait harmonieusement sur des massifs de tilleuls séculaires placés derrière le corps de logis et sur ses côtés.

Les persiennes et les fenêtres, — nous l'avons dit, — se trouvaient ouvertes.

Les rideaux de vitrage, jadis blancs, offraient un ton d'un jaune sale.

Devant le pavillon s'étendait une pelouse de forme elliptique, ayant à son point central un bassin rempli d'eau.

Au milieu de ce bassin, sur une colonne, un petit triton en zinc bronzé soufflait dans une conque marine.

Des corbeilles pleines de rosiers se bombaient de place en place sur la ligne courbe de la pelouse.

Les voitures entrant par la grille devaient décrire

autour de cette pelouse un demi-cercle allongé, avant
de faire halte au bas du perron.

Enfin des sentiers, dont un dessinateur habile avait
tracé jadis les lignes sinueuses, s'enfonçaient derrière
la maison sous les ombrages d'un petit bois touffu.

Dans les éclaircies de la verdure on apercevait çà
et là, sur leurs socles de maçonnerie, des statues de
terre cuite.

C'étaient des copies de l'antique, ou des nymphes
simplement vêtues de leur pudeur, d'après Clodion,
Pigalle ou Coustou.

Sur le côté droit de la pelouse, et à une distance
égale de la grille et du pavillon, un marronnier gigantesque projetait à ses pieds une ombre circulaire.

Sous sa feuillée épaisse trois ou quatre chaises de
fer, rongées par la rouille, semblaient regretter les
visiteurs qui ne venaient plus.

Ou nous nous illusionnons étrangement, ou ce rapide croquis doit donner l'idée d'un ensemble simple
et charmant, et tel eût été en effet l'aspect de la Grangette sans l'état manifeste d'abandon dans lequel se
trouvait le jardin depuis plus de deux années.

Les plantes parasites poussaient avec une étonnante vigueur entre les marches du perron qu'elles
disjoignaient de plus en plus.

Le bassin devenu un véritable marais envahi par les
joncs et les autres herbages aquatiques, et recouvert

d'une croûte verdâtre, servait de quartier général à des smalas de grenouilles et de crapauds, trahissant leur présence et affirmant leur droit de propriété par des coassements ininterrompus.

L'oseille à haute tige, les panais sauvages, les pissenlits, remplaçaient sur les pelouses l'herbe fine et luisante des gazons anglais.

Le sable des allées disparaissait sous ces herbes touffues.

Les rosiers des corbeilles, que le sécateur n'émondait plus, usaient leur sève en rejets inutiles, en rameaux dég ngandés et luxuriants qui ne produisaient pas de fleurs.

Enfin, sous le marronnier et autour des chaises de fer, les marrons avaient germé ; les germes s'étaient enracinés, et les jeunes pousses prospéraient et formaient une pépinière.

Tandis que Renée regardait ces choses profondément tristes comme toutes les choses abandonnées, la forme féminine dont nous avons signalé la présence à l'intérieur du pavillon se montra d'abord à une fenêtre du premier étage, puis apparut dans l'encadrement de l'une des portes du rez-de-chaussée, descendit les marches du perron et se dirigea vers la jeune fille.

C'était une paysanne d'un certain âge et d'une figure avenante.

Elle avait quitté son balai gigantesque et tenait à la main un énorme plumeau.

— Vot' servante, mam'selle, — dit-elle, en accompagnant ses paroles d'une révérence,— qu'est-ce qu'il y a pour vot' service, s'il vous plait?...

Et sans laisser à la jeune fille le temps de répondre, elle ajouta :

— Mais attendez donc... j'vous reconnais... —Vous étiez hier soir dans un des carrosses du château, avec M. le comte et notre jeune dame... — Vous êtes peut-être de leurs parents?...

— Je suis la sœur de madame de Gordes... — répliqua Renée.

La paysanne fit une nouvelle révérence, beaucoup plus respectueuse que la première, et poursuivit :

— Et comme ça, mam'selle, vous avez eu fantaisie de jeter comme qui dirait un coup d'œil sur la Grangette?...

— Sortie du parc par la petite porte qui se trouve en face, j'ai vu la grille ouverte et je suis entrée.

— Et bien vous avez fait... — Ça n'est point défendu...

— Je croyais cette habitation déserte?...

— Pour sûr et certain, personne n'y met les pieds depuis le malheur des anciens maîtres...

— Vous y êtes cependant aujourd'hui, vous...

— J'vas vous dire, mam'selle... — Défunt M. le baron de Braines a laissé des héritiers... — Ces héritiers voudraient vendre la Grangette, s'ils trouvaient quelqu'un pour l'acheter... — Alors le notaire d'Orléans, qui nous connaît et qui sait que nous sommes des braves gens, et pas riches, mon homme et moi, m'a chargée de venir, une fois par semaine, ouvrir les fenêtres et chasser le plus gros de la poussière... — Il me donne pour ça dix francs par mois, et je fais la besogne en conscience.

— Peut-on visiter l'intérieur?

— Tant que ça vous plaira... je vais vous conduire et vous verrez que c'est bien gentil en dedans... — Quant au jardin, il ne paye pas de mine présentement, et c'est naturel, attendu que personne ne s'en occupe, mais en huit jours un homme entendu et pas fainéant le remettrait en état... — Mon mari s'en chargerait bien. — Ce n'est rien à faire... — faucher les gazons et leur donner un coup de rouleau ; nettoyer les allées, curer le bassin ; tailler les rosiers ; arracher les pousses et les rejets qui montrent leur nez à droite et à gauche... *Mauvaise herbe croît toujours!* comme dit le proverbe... — Alors le jardin serait aussi mignon qu'autrefois... — Si par hasard, mam'selle, vous connaissiez un amateur...

Renée secoua la tête.

— Je n'en connais pas... — répondit-elle.

— Tant pis, mais ça ne fait rien... — Voulez-vous venir... je vas vous montrer la maison.

La jeune fille suivit sa conductrice.

Nous ne décrirons point l'intérieur du logis qui se recommandait par une élégante simplicité, mais n'offrait rien de remarquable.

— Il ne nous reste plus qu'une chambre à voir... — fit la paysanne au bout d'une demi-heure, — c'est celle où M. le baron a rendu son âme à Dieu... — Vous n'êtes pas sans avoir entendu parler de madame la baronne et de son aventure...

— J'en ai entendu parler en effet...

— Eh bien, si vous êtes curieuse de connaître la figure de la pauvre dame— (puisse le bon Dieu lui pardonner ses péchés !) — vous pourrez vous satisfaire...

— De quelle façon ?

— Monsieur le baron, quoiqu'il soit mort du chagrin que lui faisait la fuite de sa femme, bien plus que des suites d'une blessure dont je ne nommerai pas l'auteur, n'a jamais voulu consentir à ce qu'on ôtât de sa chambre le portrait de madame... — Et ce portrait est toujours là... en face du lit...— Il ne pouvait plus parler, ce pauvre cher monsieur, et il le regardait toujours ... — Il était déjà froid et ses yeux se tournaient encore vers lui...

La paysanne ouvrit une porte et ajouta :

— Entrez, mam'selle...

X

La pièce dont Renée franchit le seuil était vaste et meublée d'une façon presque riche.

Henri de Braines qui, nous le savons, ne possédait qu'une modeste fortune, avait mis tout son luxe dans la décoration de la chambre où la femme adorée s'endormait sur son cœur.

La seconde fille de Jules Leroux négligea les détails qui ne l'intéressaient point et ne constituaient pour elle, en somme, qu'une magnificence très-bourgeoise.

Elle alla droit au portrait placé juste en face du lit comme la paysanne venait de le dire.

En levant les yeux sur la figure peinte, debout et de grandeur naturelle, Renée fit un mouvement de surprise et sa première pensée fut celle-ci :

— Raoul avait raison... Je ressemble à cette femme...

L'artiste d'Orléans, honoré de la confiance du baron de Braines, ne pouvait assurément se classer parmi les maîtres, mais ses pinceaux ne manquaient pas d'habileté et il excellait dans l'art de reproduire les traits de ses modèles avec une exactitude photographique.

Il avait représenté Juliette en costume de cheval, retroussant sur son bras gauche la longue traîne de son amazone, et tenant de la main droite un petit chapeau de feutre gris à plume rouge et une cravache à pommeau d'argent.

Comme Renée la jeune baronne était grande et mince, large des épaules et des hanches, avec un buste aux lignes superbes.

Comme Renée elle avait de longs yeux noirs étincelants, un nez faiblement aquilin, des dents d'ivoire entre des lèvres rouges, un menton à fossette et taillé nettement.

La blancheur ombrée de sa peau rappelait, comme le teint de Renée, l'épiderme mat des créoles.

Les cheveux, d'un noir bleuâtre, pouvaient lutter de magnificence avec les cheveux de Renée, mais la coiffure, d'un caractère absolument dissemblable chez la baronne et chez la jeune fille, nuisait beaucoup à la ressemblance des deux visages aussi beaux l'un que l'autre.

Renée divisait sa splendide chevelure en deux nattes épaisses qui, croisées au dessus du front et contournant la tête selon la mode athénienne, lui faisaient un casque d'ébène.

Juliette de Braines, au contraire, avait les cheveux retroussés sur le tempes et derrière la nuque, pour former au sommet de la tête une lourde torsade.

Le front, — découvert chez Renée, — se cachait à demi sous une frange soyeuse de cheveux coupés courts comme ceux des pages qui dans les miniatures sur parchemin des manuscrits du moyen âge tiennent en laisse les lévriers des châtelaines, ou comme ceux des enfants d'Édouard dans le tableau de Paul Delaroche.

Un petit col droit très-empesé, de forme masculine, serrait le cou de la baronne.

Un étroit ruban de soie pourpre lui servait de cravate.

Une rose rouge était passée dans l'une des boutonnières du corsage de l'amazone.

Les gants de daim, serrant les mains fines, étaient à crispins et d'un ton gris pâle.

Longuement, minutieusement, un à un, la jeune fille examina les traits de la baronne, les détails de la coiffure et les accessoires du costume.

Voyant la visiteuse s'absorber ainsi devant ce portrait, comme nous avons vu le lieutenant Marcel Laugier s'absorber à Orléans devant le portrait de Lazarine, et trouvant le temps un peu long, la paysanne se permit de rompre le silence et le fit en ces termes :

— C'était une belle femme tout de même, la pauvre dame... — N'est-ce pas, mam'selle?

— Très-belle, — murmura Renée.

— Je me suis laissé dire qu'elle avait rendu son âme en pays étranger... — Savez-vous si c'est vrai, mam'selle?

— Oui, c'est vrai, elle est morte.

— Juste punition du bon Dieu!... Ça démontre qu'il faut être sage et se bien conduire avec son mari...— Je le répète tous les jours à ma fille Suzette, une jeunesse ben avenante qu'est pour se marier après les vendanges...

Renée demanda :

— Madame de Braines devait avoir un cabinet de toilette à son usage particulier?

— Ah! bien sûr, et mignonnement arrangé... — Voulez-vous le voir?

— S'il vous plaît...

La paysanne traversa un couloir, ouvrit une seconde porte et introduisit Renée dans une petite pièce tendue de cretonne grise à fleurs roses.

Une odeur violente et capiteuse saturait l'atmosphère.

Les cuvettes et les aiguières de porcelaine, placées sur une longue toilette anglaise, offraient les initiales de Juliette de Braines surmontées du tortil de baron.

Une étroite tablette de marbre blanc supportait des flacons d'essences et de parfums, les uns à moitié vides, les autres intacts.

Renée regarda les étiquettes et les trouva presque toutes identiques.

Le parfum dominant, le seul pour ainsi dire dont la baronne fît usage, était l'ylang-ylang.

— Il me semble qu'on marche dans la chambre voisine...— dit la jeune fille.

— Eh ! ça se pourrait bien tout de même,—s'écria la paysanne, — toutes les portes sont ouvertes...

Et elle sortit vivement du cabinet de toilette.

Renée, profitant de son absence, prit avec le plus grand sang-froid sur la tablette de marbre un flacon d'ylang-ylang et le mit dans sa poche.

— Voilà que je deviens voleuse... — se dit-elle en souriant. — Je donnerai l'argent aux pauvres.

La paysanne rentra.

— Personne... — fit-elle, — point un chat...

— Je me serai trompée...

— Ben sûr que oui...

— Il n'y a pas autre chose à visiter ici?...

— Ah ! dame, non... — Vous avez tout vu...

— Eh bien ! ma bonne femme, — dit Renée, — merci de votre complaisance, et faites-moi le plaisir d'accepter ceci...

En même temps elle lui mettait dans la main une pièce de dix francs ; regagnait la chambre voisine ; jetait au portrait de Juliette un dernier regard ; descendait au rez-de-chaussée ; traversait le jardin, puis la route, et rentrait dans le parc, poursuivie par les saluts et les actions de grâces de la paysanne, stupéfaite d'une rémunération si prodigieuse, si complétement inattendue et si facilement gagnée.

Le soir, au dîner, Renée dit à Jeanne :

— Est-ce que tu vas, chère petite sœur, te priver sans raison, comme tu le faisais à Paris du temps de la splendeur de mon père, d'un des plus vifs plaisirs qui soient au monde ?...

— Quel plaisir ? — demanda la comtesse.

— L'équitation...

— Oublies-tu que je ne sais pas monter à cheval ?...

— Tu es assez jeune pour apprendre et Raoul, j'en suis sûr, serait heureux d'être ton professeur...

— Ah ! certes oui ! — s'écria le comte. — Cela ne vous plairait-il pas, ma chérie, de galoper avec moi dans la campagne ?...

— Avec vous tout me plaît, vous le savez bien...

— Notre jolie sœur vient de me donner là une

idée merveilleuse... — Nous ferons d'adorables pro-
menades, et puis une châtelaine doit être écuyère
consommée et suivre les chasses d'automne avec
son mari et ses hôtes... car nous aurons du monde
à l'époque des chasses... impossible de s'en dis-
penser... — Voyons, chère Jeanne, à quand la
première leçon?

— Ce sera quand vous voudrez...

— Ce sera tout de suite alors... — c'est-à-dire
aussitôt que j'aurai pour vous une monture... et je
vais écrire à Paris dès ce soir.

— A quoi bon ? Vous avez dix chevaux de selle...

— Ils ont trop de sang pour une écolière, ma
mignonne.. — D'ailleurs il vous faut un costume...—
Ce sera l'affaire de huit jours... — Montez-vous à
cheval, vous, Renée?

— Comme une centauresse... — Nous avons,
Lazarine et moi, la passion du cheval...

— Que ne le disiez-vous!... — Mes pur sang, impossibles pour Jeanne, ne vous feront pas peur?

— J'adore les chevaux nerveux...

— Eh! bien, donnez vos ordres... l'écurie entière
est à vous, et je serai votre cavalier...

Renée secoua la tête.

— Non...— dit-elle,—non... pas avant que Jeanne
soit en état de nous accompagner...

La petite comtesse intervint.

6.

— Ah! par exemple!...— s'écria-t-elle, — pourquoi
te priver d'un plaisir qu'à peine dans un mois je
pourrai partager?... — Cela me ferait un chagrin
mortel!... Je veux que vous sortiez ensemble dès
demain... — Je le veux absolument... —Je l'exige...
— Et si vous craignez pour moi l'ennui résultant de
la solitude, je suivrai de loin, en voiture.

— J'accepte donc... — répliqua Renée, — et
comme les idées, paraît-il, me viennent en foule
aujourd'hui, je trouve un excellent moyen de com-
mencer tes leçons sans retard...

— Lequel? — demanda vivement Raoul.

— Mettez à ma disposition demain matin, cher
comte, une voiture, un cocher et un groom...

— Toute la maison vous appartient, comme à Jeanne et plus qu'à moi-même... Où voulez-vous aller?...

— Aux Vertes-Feuilles...

— Ah! bah !...— Dans quel but, aux Vertes-Feuilles?... — il n'y a personne... — qu'y ferez-vous?...

— J'en rapporterai mon habit de cheval, une amazone de Lazarine qui suffira pour Jeanne en attendant
celle que vous commanderez; et le groom ramènera
le poney de mon père, un véritable agneau — (je
parle du poney) — qui semble prédestiné aux leçons
d'une débutante... — Voilà le triple but de ce petit
voyage, et je reviendrai avant déjeuner...

Raoul et Jeanne applaudirent des deux mains, et

la comtesse embrassa tendrement sa sœur en murmurant à son oreille :

— Que tu es donc bonne et gentille !... — Tu t'oublies pour penser à moi !... aussi je t'aime bien, va !... oh ! je t'aime de toute mon âme !...

Le lendemain matin à sept heures, par un temps radieux, un duc attelé de cobs irlandais conduits par Renée filait sur la route des Vertes-Feuilles.

Deux domestiques occupaient le siége de derrière.

La jeune fille arriva dans la maison vide où son apparition remplit de stupeur la cuisinière Monique et le valet champêtre qui, pour tuer le temps et satisfaire aux exigences de l'estomac et en même temps à celles du cœur, se *fricotaient* en collaboration de bons petits plats, et se livraient à des privautés tendres, émaillées de taloches robustes.

Renée fit mettre les cobs à l'écurie, donna l'ordre de les gorger d'avoine ainsi que le poney, monta dans sa chambre et commença ses recherches.

Elles ne lui prirent pas longtemps.

Un grand carton reçut son amazone de drap noir, une amazone bleue laissée par Lazarine, une cravache à pommeau d'argent, des gants de castor, des rubans cerise, et enfin le chapeau de feutre gris à plume rouge avec lequel Renée avait suivi la chasse du marquis de la Tour-du-Roy, et qui semblait une seconde épreuve du chapeau de Juliette de Braines.

Au bout de moins d'une heure la jeune fille avait fini.

Le carton fut porté dans la voiture.

Les chevaux, reposés par une ample provende, prirent le chemin du château de Gordes du même train dont ils avaient brûlé la route des Vertes-Feuilles.

Le groom suivit, — de loin, — au petit trot, sur le poney paisible.

Ainsi qu'elle l'avait promis, Renée fut de retour avant l'heure où la cloche sonnait le déjeuner.

XI

La veille au soir, Raoul avait écrit à Paris afin de commander un habit de cheval et de prier un de ses amis, grand connaisseur en matière hippique, d'acheter à tout prix un cheval d'une irréprochable élégance, d'une sagesse exemplaire, admirablement *mis* pour dame, et de l'expédier le plus tôt possible au château de Gordes par grande vitesse.

Aussitôt Renée de retour, les femmes de chambre s'occupèrent d'ajuster à la taille de Jeanne l'amazone bleue de Lazarine.

Grâce à cette amazone et grâce au poney de l'ex-banquier, on pourrait suppléer pendant quelques jours au costume neuf et à la monture attendue.

Le lendemain matin Raoul prit possession gaiement de son rôle de maître de manége.

Le poney fut amené au bas du perron et Jeanne descendit, la cravache à la main, en compagnie de Renée.

Sous le vêtement d'écuyère et coiffée d'un chapeau d'homme, la comtesse était adorable.

Elle se mit légèrement en selle et, gracieuse même dans la gaucherie inséparable d'un début de ce genre, elle fit plusieurs fois le tour de la vaste pelouse, au pas d'abord, puis au trot, puis au galop sans témoigner la moindre frayeur et sans pousser le plus petit cri.

Il est juste d'ajouter que le comte tenait en laisse le poney, ce qui devait éloigner de Jeanne la pensée d'un danger possible.

Debout sur une marche du perron, et protégée par son ombrelle de soie blanche contre le soleil déjà chaud, Renée assistait à la leçon et applaudissait.

Raoul déclara que Jeanne avait d'étonnantes dispositions et que, suivant en cela l'exemple de ses sœurs aînées, elle deviendrait bientôt remarquablement habile dans le bel art de l'équitation.

— J'en accepte l'augure, — s'écria la jeune femme, — et quand la prédiction sera réalisée nous irons ensemble partout, nous ne nous quitterons plus jamais...

— Jamais, mon enfant bien-aimé ! — répondit le

comte en prenant Jeanne dans ses bras pour l'enlever de la selle et la mettre à terre.

Renée, qu'on ne regardait point, haussa légèrement les épaules.

Raoul se tourna vers elle.

— Et nous, chère sœur, quand sortirons-nous? — Aujourd'hui, n'est-ce pas?

— Quand vous voudrez je serai prête.

— Choisissez votre heure...

— Eh bien! trois heures si cela vous convient.

— Parfaitement... — C'est entendu, et après déjeuner je vous mènerai voir le cheval que je vous destine.

Vers midi le comte, la comtesse et Renée prirent le chemin des écuries, constructions superbes, anciennes déjà mais modernisées, et que d'épaisses masses de verdure isolaient du château.

Ces écuries contenaient vingt stalles et autant de boxes.

Elles communiquaient avec un vaste manége, destiné au dressage des poulains et faisant face aux remises.

Une cour vitrée permettait de panser les chevaux et de laver les voitures à couvert par tous les temps.

Le premier piqueur attendait les ordres.

— Faites sortir Jack... — lui dit Raoul.

Au bout de deux minutes Jack, débarrassé de ses

couvertures et de ses flanelles, sortait de l'écurie tenu en main par un groom.

C'était un cheval anglais de taille moyenne, — un mètre cinquante tout au plus, — bai brun avec une étoile blanche au front, fin et corsé en même temps et d'un modèle irréprochable.

Sous sa robe sombre, lustrée comme du satin, le réseau des veines se dessinait nettement.

Il *portait beau,* comme on disait au temps de la Guérinière. — Sa tête petite et sèche, ses naseaux mobiles, ses yeux bien sortis et étincelants, décelaient la race et l'énergie.

— Trottez-le... — commanda le comte (1).

Jack avait des actions de premier ordre. — *Il se prenait les pieds dans son mors,* pour nous servir d'une locution d'écurie, singulière mais très-expressive.

— La jolie bête ! — s'écria Renée.

— Jack vous plaît?

— A la folie.

— Son galop est si doux qu'on se croirait bercé... — reprit M. de Gordes. — Il n'a pas de malice, ne craint rien et ne sait pas ce que c'est qu'une *défense...* — Son unique défaut est un excès d'ardeur... — il *emballerait* une écuyère novice qui se laisserait

_____

(1) Un *homme de cheval* ne dira jamais : *Faites-le trotter,* mais : *Trottez-le.*

gagner la main... — Pour cette unique raison je ne lui confierais point Jeanne; mais vous avez l'habitude du cheval, chère sœur, et je vous le verrai monter sans crainte...

— Il n'y a pas de danger, bien sûr? — demanda la comtesse.

— Aucun... j'en réponds...

— Et s'il y en avait un peu, — dit Renée d'un ton résolu, — je le monterais de même et peut-être avec plus de plaisir encore... — J'aime le danger...

Raoul sourit de ce qu'il regardait comme une petite fanfaronnade et donna l'ordre de rentrer Jack.

— Nous suivrez-vous en voiture, mignonne? — fit-il ensuite en s'adressant à Jeanne.

— Non, — répliqua-t-elle, — pas aujourd'hui... — Je profiterai de votre absence pour aller voir mes pauvres que j'ai bien négligés depuis l'arrivée de ma sœur...

Nos personnages regagnèrent le château et Renée monta dans son appartement où elle s'enferma, après avoir traversé les serres et cueilli deux ou trois roses.

Le moment était venu de réaliser la première partie du plan dicté par le hasard à son esprit fertile en combinaisons diaboliques.

Il s'agissait de ressembler d'une façon frappante à la Juliette de Braines du portrait.

III.   7

Elle se mit à l'œuvre aussitôt.

Debout devant une glace, en corset, les épaules et les bras nus, elle dénatta les longues tresses qui lui faisaient un casque noir comme à la jeune guerrière de Musset, et sa chevelure, se déroulant, l'enveloppa d'un manteau sombre.

Alors elle traça sur son front, avec le peigne d'écaille, une ligne droite allant de l'une à l'autre tempe, et résolûment, d'un coup de ciseau, elle trancha tous les cheveux qui dépassaient cette ligne, produisant ainsi la frange d'ébène tombant presque jusqu'aux sourcils qui donnait à la beauté de Juliette un caractère si particulier.

Elle prit ensuite les flots soyeux que ses deux petites mains contenaient à grand'peine, elle les lissa très-haut sur la nuque, les assembla au sommet de la tête et assujettit à l'aide de longues épingles la masse lourde de leurs torsades.

Ceci fait, elle mit une guimpe à col droit de forme masculine, serré en guise de cravate par un étroit ruban de soie rouge.

Elle revêtit l'amazone noire, ajustée comme la peau d'un gant sur les rondeurs fermes de sa poitrine et sur les lignes exquises de ses épaules et de ses hanches.

Elle passa la tige de l'une de ses roses dans une boutonnière du corsage, puis jetant la traîne de sa

robe sur son bras gauche et saisissant de la main
droite sa cravache à pommeau d'argent et son chapeau de feutre à plume rouge, elle se posa en face du
grand miroir mobile qui de la tête aux pieds reflétait
son image, et ne put contenir un mouvement de stupeur.

Ce n'était plus elle qu'elle voyait...

C'était la morte de Florence... C'était Juliette de
Braines, sortie de la toile, descendue du cadre,
animée d'une vie nouvelle.

Renée eut un mauvais sourire.

— Ma parole d'honneur, — murmura-t-elle, —
c'est prodigieux ! — Décidément je suis très-forte !...

Au bout d'une seconde, elle ajouta :

— N'oublions rien... — Il faut que l'illusion soit
complète...

Elle prit dans un tiroir le flacon d'ylang-ylang dérobé la veille à la Grangette, et versa quelques gouttes
de son contenu sur ses cheveux, sur son corsage,
sur ses mains, sur son mouchoir...

L'odeur subtile et pénétrante se répandit aussitôt
dans l'appartement.

— Le visage, le costume, et jusqu'au parfum ! —
se dit Renée avec son même sourire étrange et in-
quiétant. — Ce n'est pas une imitation, c'est une ré-
surrection...

La toilette et surtout les détails minutieux de la coiffure avaient pris du temps.

Renée regarda tour à tour le cadran de sa montre et celui de la pendule Louis XV.

Tous deux marquaient trois heures moins un quart.

— Je puis descendre,— pensa la jeune fille, — je trouverai Jeanne au salon...

Elle ne se trompait pas.

La petite comtesse, vêtue de sa robe la plus simple et coiffée d'un chapeau de paille commune, mais ayant dans sa poche une bourse bien garnie, attendait le départ de son mari et de sa sœur pour quitter à son tour le château et courir chez ses pauvres...

Assise près d'une fenêtre, elle lisait.

Au bruit de la porte qui s'ouvrait elle leva la tête, vit Renée et resta muette et saisie d'abord.

— Comment, c'est toi! — s'écria-t-elle au bout d'une seconde.

— Sans doute... — répliqua Renée. — Pourquoi cet étonnement?...

— J'hésitais presque à te reconnaître...

— Quelle plaisanterie!

— Mais non, c'est très-sérieux je t'assure...

Jeanne s'était levée.

— Tu n'es plus du tout la même... — ajouta-t-elle,

— et je me demande d'où peut venir ce changement si complet...

— Regarde-moi bien... — dit Renée en riant.

— Ah! — reprit la comtesse, — j'y suis... C'est la coiffure...

— Est-ce que celle-ci te déplaît?...

— Non pas!... je la trouve charmante... un peu singulière, peut-être... mais elle te va bien... — Est-ce que c'est la mode?...

— Je ne sais et ne m'en inquiète guère... — J'ai vu cette coiffure à Venise, sur une tête de patricienne, dans un vieux tableau d'un maître inconnu... — La patricienne me ressemblait vaguement... — J'ai voulu lui ressembler davantage et je me suis coiffée comme elle.

— Tu as bien fait, car tu es très-belle ainsi...

— Plus que d'habitude?

— Je le crois... — ta beauté, du moins, me semble plus frappante et plus originale... — l'expression de tes yeux, sous cette frange de cheveux courts, est étrange et mystérieuse... — il y a du sphinx dans ta figure.

— Je prends cela pour un éloge... — dit Renée en souriant. — Tu sais que le mystère me plaît et que l'originalité m'attire...

— Et comme tu sens bon! — continua Jeanne. —

Caches-tu dans ton sein un bouquet de fleurs dés tropiques!... — Quel est ce parfum?...

— Une essence orientale apportée de Venise...

— L'odeur est exquise, mais bien capiteuse... — Ne crains-tu pas le mal de tête, sœur chérie?

— Je ne crains rien et défie la migraine...

En ce moment, par la fenêtre ouverte, on entendit dans la cour d'honneur la voix de M. de Gordes.

— John, — disait cette voix, — amenez les chevaux.

— Voici Raoul qui vient te chercher... — fit la comtesse.

— Je ne le ferai point attendre... — répliqua Renée. — Je suis prête...

XII

Il fallait une demi-minute à Raoul pour gravir les degrés du perron et traverser le vestibule.

Renée, sans affectation et tout en continuant de causer avec Jeanne, se plaça juste en face de la porte par laquelle M. de Gordes devait arriver, et prit l'attitude de madame de Braines dans le portrait de la Grangette.

Le comte parut.

Son premier regard enveloppa sa belle-sœur de la tête aux pieds et, au lieu de franchir le seuil, il s'arrêta comme un homme cloué sur place par une apparition surnaturelle.

Son visage se décomposa, son cœur cessa de battre, un frisson passa sur sa chair, en même temps qu'une sensation inouïe, poignante, douloureuse, bouleversait son être entier.

— Suis-je éveillé? — se demanda-t-il. — J'ai vu Juliette morte et la voilà vivante!

Raoul de Gordes, ainsi que bon nombre des enfants de ce siècle incrédule, était un peu sceptique; les croyances superstitieuses le faisaient volontiers sourire, et néanmoins pendant le quart d'une seconde, dans ce salon rempli de soleil, le sentiment qu'il éprouva ressemblait beaucoup à l'effroi.

— Je produis mon effet... — pensa Renée.

Jeanne ne pouvait soupçonner le vrai motif de la stupeur épouvantée de son mari.

Croyant qu'il hésitait comme elle à reconnaître tout d'abord Renée, elle eut un éclat de rire argentin.

— Vous ne vous attendiez point, cher Raoul, — dit-elle, — à rencontrer ici cette belle étrangère... — Votre étonnement est légitime... — Permettez-moi de vous présenter une noble dame de Venise... une patricienne du temps des doges...

Un profond soupir souleva la poitrine de M. de Gordes qui reprit aussitôt possession de lui-même.

Jeanne plaisantait, donc il était le jouet d'une illusion bizarre et le mirage trompeur allait se dissiper.

Il avança de quelques pas, rassuré mais toujours ému, et la réalité s'imposant à lui à mesure que diminuait la distance, il s'écria comme avait fait Jeanne un instant auparavant :

— Quoi, c'est Renée !.

— Eh ! oui, c'est Renée ! — répondit joyeusement la petite comtesse, — et bien jolie, n'est-ce-pas, dans sa copie parlante de la jeune femme du vieux tableau. — As-tu vu le tableau, Raoul ? — ajouta Jeanne qui tutoyait son mari par intermittences.

— Quel tableau ? — demanda le comte.

Jeanne raconta l'histoire inventée par sa sœur.

— Non, je ne l'ai pas vu, — répliqua M. de Gordes, puis s'adressant à Renée, il ajouta : — Dans quel palais se trouvait-il, ce tableau ?

Renée cita au hasard une des nombreuses galeries particulières de Venise.

Je n'ai point visité cette galerie, — reprit Raoul. — La patricienne copiée par vous est trop belle pour passer inaperçue, et quiconque l'a vue ne pourrait l'effacer de sa mémoire.

— Merci du compliment, cher frère. — Puisque la coiffure vous plaît, je la conserverai.

M. de Gordes allait répondre, mais une réflexion l'arrêta et les paroles formulées dans sa pensée n'arrivèrent pas jusqu'à ses lèvres.

— Et maintenant, — reprit Jeanne, — maintenant que j'ai présenté la noble vénitienne au gentilhomme

7.

français, partez vite!... — Les chevaux s'impatientent et mes pauvres attendent...

Renée posa sur ses cheveux sombres le, petit chapeau de feutre gris à plume rouge.

Ce chapeau qui semblait calqué sur celui de Juliette de Braines complétait l'identité des costumes.

Raoul tressaillit, mais domptant de nouveau son émotion il embrassa Jeanne et offrit son bras à Renée en murmurant :

— Venez, ma sœur...

La petite comtesse marcha derrière eux jusqu'à la plus haute marche du perron.

Le premier piqueur promenait Jack, sellé pour une femme.

Deux grooms tenaient en main Diégo la monture du comte, et le cheval de suite.

Raoul aida Renée à se mettre en selle ; son visage effleura le drap noir du long vêtement ; la jeune fille sentit trembler les mains unies qui la soutenaient et se dit :

— C'est le parfum qu'il vient de reconnaître.

Elle avait raison de le croire.

Les effluves de l'ylang-ylang, si souvent aspirés jadis par le comte dans les cheveux de Juliette, ravivaient violemment ses souvenirs et les matérialisaient en quelque sorte ; — il commençait à trouver étrange que le hasard eût groupé tant de circonstances dont la réunion fortuite paraissait impossible.

Pour échapper à cette obsession du passé, Raoul s'élança à cheval presque sans toucher l'étrier.

Il avait besoin de mouvement; — il avait besoin surtout de noyer dans la brise des forêts et dans la vitesse d'une course folle les émanations du parfum subtil qui flottait autour de lui, et qui se posait sur ses lèvres comme un suprême baiser de la morte...

Mais la morte était là, près de lui, vivante et belle comme au temps de leurs amours, — plus belle encore peut-être.

— En avant! — cria-t-il.

Puis, saluant du bout de sa cravache Jeanne qui souriait sur le perron, les yeux et le cœur pleins d'amour, il rendit la main à son énergique monture qui fit deux ou trois bonds et partit à une allure impétueuse.

Renée galopait à côté de lui sans se laisser distancer d'une encolure.

Jack, impétueux et docile à la fois, s'encapuchonnait, s'ébrouait, mâchait son mors et semblait fier du gracieux fardeau qu'il avait l'honneur de porter...

En moins d'une minute le cavalier et l'amazone atteignirent la grille du parc.

Au moment de s'enfoncer sous bois Renée se retourna.

Jeanne, immobile à la même place, agitait son mouchoir en signe d'adieu et souriait toujours.

Une large avenue bordée de chênes séculaires, longue de douze kilomètres et que l'épaisseur du feuillage rendait sombre même en plein jour, traversait la forêt de part en part.

Des allées latérales, rayonnant dans toutes les directions, se greffaient sur l'artère principale.

Si rapide que fût le train, les fers frappaient à peu près sans bruit le sol revêtu de cette herbe fine et courte qui ne pousse qu'à l'ombre des bois.

Les grands troncs semblaient glisser à droite et à gauche des coureurs comme l'interminable colonnade d'un mystérieux édifice.

Le groom, monté sur un cheval moins vite que Jack et Diégo, était, au bout d'un quart d'heure, de plusieurs centaines de pas en arrière.

M. de Gordes, dominé par une préoccupation dont la nature nous est connue et qu'il essayait en vain de chasser, baissait la tête, fronçait les sourcils et ne prononçait pas une parole.

Renée respectait son silence et le regardait à la dérobée, d'une façon presque furtive.

Alors, entre les paupières mi-closes de la jeune fille, à travers la double palissade de ses longs cils recourbés, jaillissait un rayon de feu.

— Raoul... — dit-elle tout à coup.

Le comte parut sortir d'un rêve et se tourna vers sa compagne.

— Je voudrais ralentir... — reprit-elle. — Nous allons si vite depuis le départ que la respiration me manque...

M. de Gordes mit aussitôt son cheval au pas.

— Ah ! — s'écria-t-il, — pardonnez-moi ! — je suis un grand coupable... — J'aurais dû vous demander depuis longtemps si cette course vertigineuse ne vous fatiguait point... — Je ne sais où j'ai la tête aujourd'hui... — Ma pensée était loin d'ici...

— Près de notre chère Jeanne, j'en suis sûre... — fit Renée d'une voix presque moqueuse.

Raoul ne savait pas mentir.

Au lieu de répondre affirmativement, il se tut.

Jack avait suivi l'exemple de Diégo et les deux camarades d'écurie marchaient côte à côte, d'un air paisible, sans se hâter, sachant bien qu'ils n'auraient qu'à vouloir pour rattraper le temps perdu, et parfois approchant l'une de l'autre leurs têtes intelligentes comme s'ils voulaient échanger une caresse amicale.

Le comte pendant quelques secondes attacha ses yeux sur Renée puis, détournant la tête, retomba dans sa rêverie et dans son silence.

La jeune fille laissa s'écouler cinq ou six minutes et reprit, après un éclat de rire un peu contraint :

— En vérité, mon cher Raoul, vous me paraissez ce tantôt un gentleman au moins singulier... — Vous devez regretter beaucoup de m'avoir offert cette promenade, puisque vous étiez aujourd'hui d'humeur si peu parlante... — La solitude eût été pour vous bien préférable à ma compagnie... — Voulez-vous tourner bride et revenir au château? Cela vaudra peut-être mieux que de continuer ainsi...

Au lieu de répondre au reproche de sa belle-sœur M. de Gordes, comme s'il ne l'avait pas entendue, murmura :

— C'est dans la galerie Foscari, m'avez-vous dit, qu'est ce tableau?

— Quel tableau? — demanda Renée avec un geste de surprise d'une imitation irréprochable.

— Celui où se trouve le portrait d'une patricienne qui vous ressemble...

— Comment, vous y pensez encore !... — Oui, c'est dans la galerie Foscari...

— Pourquoi donc, à Venise, ne m'avez-vous point parlé de cette toile étrange?

— Pourquoi vous en aurais-je parlé, s'il vous plaît? — Pouvais-je deviner que la noble dame à qui j'ai l'honneur de ressembler un peu, et qui dort depuis deux cents ans son éternel sommeil dans quelque tombeau blasonné, vous intéressât le moins du monde?

— C'est juste, — répondit le comte, — vous ne pouviez deviner cela...

— La respiration m'est revenue ; — reprit la jeune fille, — les allures de tortue ne sont possibles que quand on cause.—Au galop !.. au galop !...

Renée rassembla Jack qui fila comme une flèche.

— Plus vite ! — dit-elle en lui touchant l'épaule avec sa cravache, — plus vite ! plus vite !...

Excité doublement par la cravache et par la voix le cheval ne galopait plus, il semblait voler, tant son corps nerveux s'allongeait, tant ses foulées devenaient puissantes.

Diégo perdait un peu de terrain.

— Prenez garde ! — cria Raoul.

— A quoi ? — demanda la jeune fille en tournant la tête à demi.

— Tout à l'heure vous ne serez plus maîtresse de Jack... — il vous emportera...

— Ça m'est bien égal !... — je suis brave...

— Allons,—pensa le comte,—elle est folle...

— Plus vite !... — plus vite !... — répétait Renée.

Brusquement, sans autre motif apparent qu'un soudain caprice, elle lança Jack dans une des allées latérales qui s'amorçaient à la grande avenue, et là, penchée sur son encolure souple, elle lui fit de nouveau sentir la cravache.

Ce fut alors une course insensée, éperdue, quasi-fantastique...

Le paysage avait changé de nature...— La forêt prenait un aspect sinistre... — De grandes masses granitiques, trouées de grottes profondes, se dressaient sur la droite du chemin...

Renée, tout à coup, poussa un cri.

XIII

Rien n'anime un cheval lancé à toute bride comme de sentir un autre cheval immédiatement derrière lui.

Raoul savait cela ; aussi, pour ne point affoler Jack qui lui semblait déjà plus excité qu'il n'aurait fallu, il avait soin de maintenir Diégo à cinq ou six longueurs en arrière.

Le cri de Renée lui arriva néanmoins net et distinct.

— Qu'avez-vous donc, ma sœur? — demanda-t-il avec un commencement d'inquiétude.

— Jack n'obéit plus... — répondit la jeune fille. — Je suis *emballée*...

— Je vous avais prévenue...

— Je le sais bien... mais il s'agit de me venir en aide et non de me chapitrer...

— Tenez bon... le chemin est sans obstacles et vous êtes solide à cheval...

— Pas en ce moment... la tête me tourne... le cœur me manque... j'ai peur.

Renée chancelait en effet sur la selle d'une manière alarmante.

— Courage! courage! — lui cria le comte.

— Ah! j'en ai, du courage... — murmura-t-elle d'une voix entrecoupée.— Ce n'est pas l'énergie qui manque... c'est la force... — La défaillance arrive... — Je n'y vois plus... Je tombe...

L'amazone avait lâché sa cravache.— Elle semblait ne se soutenir que grâce à la crinière saisie par elle à pleines mains.

Évidemment une chute était imminente et, — la vitesse de la course étant donnée,— cette chute pouvait être terrible.

Raoul, de plus en plus effrayé, prit immédiatement son parti et résolut de jouer le tout pour le tout.

Il enfonça ses éperons dans les flancs de Diégo, de façon à obtenir de lui un de ces prodigieux efforts que les jockeys exigent des chevaux de course au moment d'arriver au poteau.

Le brave animal répondit à l'attente de son maître.

En deux foulées il atteignit Jack...

De la troisième il le dépassa, mais M. de Gordes avait eu le temps de saisir au passage les rênes que ne tenait plus Renée.

En même temps, par une manœuvre à la fois très hardie et très-habile, il fit pivoter Diégo.

Jack, surpris en plein élan et violemment détourné de la ligne droite, ne put conserver son équilibre et, manquant des quatre pieds, s'abattit.

Raoul avait prévu cette chute; il se pencha vers la jeune fille au moment où le cheval tombait, la saisit par la taille, l'enleva de la selle et la jeta devant lui sur l'encolure de Diégo qui s'arrêta court avec une docilité merveilleuse.

— Chère sœur, — dit le comte, — rassurez-vous... tout péril est passé...

Renée ne répondit pas.

M. de Gordes la regarda.

— Elle avait les yeux fermés ; — sa tête renversée en arrière flottait, inerte, à chaque mouvement des bras qui la soutenaient.

Elle a perdu connaissance!.. — pensa le mari de Jeanne. — Voilà ces héroïnes qui se disent si braves et ne veulent écouter aucun conseil!... — Une syncope les paralyse à la moindre apparence de péril..

— Quoi qu'il en soit, il faut aviser.

La solitude était complète.

Le groom, distancé de plusieurs kilomètres, n'avait

aucune chance de retrouver la trace de son maître, et pour l'acquit de sa conscience continuait sans doute à suivre au petit galop la grande avenue.

A la droite du chemin — (nous l'avons dit) — s'élevaient des masses rocheuses. — Presque au niveau du sol une grotte étroite, profonde et tapissée de mousse, se creusait dans le granit.

Tout près de là un filet d'eau s'échappant du monticule remplissait un bassin naturel et se perdait sous les racines.

Raoul mit pied à terre, laissant Diégo et Jack, qui venait de se relever, libres de tondre côte à côte l'herbe fine poussant sous les arbres, et, portant dans ses bras la jeune fille appuyée contre sa poitrine, il franchit les vingt ou vingt-cinq pas qui le séparaient de la grotte dont nous avons signalé l'existence.

Chemin faisant, l'odeur pénétrante de l'ylang-ylang s'exhalant de la chevelure de Renée, de ses vêtements et de ses mains, montait par chaudes bouffées aux narines du comte, produisant un effet presque pareil à celui qui résulte pour les Orientaux de l'aspiration des vapeurs de l'opium.

L'hallucination bizarre mais explicable née dans le salon du château une heure auparavant et dont Raoul avait voulu chasser l'obsession, mais sans y réussir, se manifestait de nouveau avec une force décuplée, avec une puissance d'intensité grandissante.

Ce parfum qu'autrefois il avait adoré faisait oublier au jeune homme le temps, la distance et la mort... et Jeanne elle-même...

Juliette ressuscitée, ou plutôt toujours vivante et toujours dans ses bras, l'inondait des effluves incendiaires de sa beauté, de sa jeunesse, de son amour...

M. de Gordes perdait le sentiment du réel... — Sa tête s'égarait... — Une démence qui pour être passagère n'en était pas moins absolue s'emparait de son cerveau...

Cette folie le possédait tout entier au moment où, s'enfonçant dans la pénombre de la grotte, il étendit sur la mousse le corps souple et charmant qui paraissait inanimé.

Il se pencha vers la jeune fille.

La ressemblance exploitée par Renée avec une adresse si perfide acheva l'œuvre que le parfum avait commencée.

L'hallucination atteignit son paroxysme..

— Juliette, — balbutia-t-il, — pourquoi donc avais-je cru que nous étions séparés par la mort ? — C'était un mauvais rêve et voici le réveil... — Tu m'es rendue, Juliette, et je t'aime...

Ah! comme il battait en ce moment, le cœur de Renée triomphante !... — Comme ses paupières abaissées contenaient à grand'peine le feu prêt à jaillir.

La victoire désormais lui semblait assurée.

Elle touchait au but...

Elle allait se venger de Jeanne et lui rendre au centuple ce qu'elle avait souffert par elle !...

Pour une nature haineuse et vindicative, pour une créature sans âme, c'était une de ces joies farouches qu'on n'éprouve qu'une fois en sa vie...

Raoul poursuivit dans son délire :

— A toi, Juliette... ma Juliette !... à toi tout entier !...à toi pour toujours !...

Attiré par une puissance magnétique irrésistible, il s'agenouilla et sa bouche effleura le visage de Renée...

Ce fut une caresse si légère qu'entre les lèvres du comte et l'épiderme de la jeune fille un papillon n'aurait pas laissé la poussière de ses ailes, et cependant Raoul, devenu soudain très-pâle, se releva d'un mouvement brusque avec un geste d'épouvante.

Cette ébauche de baiser venait de rompre le charme...

L'hallucination malsaine fuyait devant la réalité...

— Le mauvais rêve s'envolait, et la défaite la plus honteuse remplaçait pour Renée la victoire attendue...

— Mais c'est un crime !... — murmura M. de Gordes. — J'étais infâme... ou plutôt j'étais fou !...

— Odieuse folie!... folie maudite !... — Quel philtre avais-je bu?... — J'insultais ma Jeanne bien-aimée !... J'outrageais la sœur de ma femme ! — Comme elles me mépriseraient toutes deux si elles savaient !... Heureusement elles ne savent pas et ne sauront jamais...

— Personne ne connaîtra le secret de ma folie...

Il s'assit sur un fragment de rocher et cacha sa tête dans ses mains, cherchant en vain la cause de sa courte démence et ne comprenant plus.

Ses mains se disjoignirent tout à coup; — ses yeux se tournèrent vers Renée.

— Décidément j'ai perdu la tête !... — dit-il presque à voix haute. — Quoi ! cette enfant est là sans connaissance et j'oublie de la secourir...

En fait de moyens curatifs un seul était à sa disposition, mais le plus simple de tous et l'un des plus puissants : l'eau fraîche.

Le ruisselet sortant du rocher coulait à vingt pas de la grotte.

Raoul s'élança dehors.

A peine avait-il disparu que Renée ouvrit les yeux.

Le pli creusé entre ses sourcils, sa pâleur, ses traits contractés, disaient énergiquement la profondeur de sa déception et l'âpreté de sa colère.

Elle pensait:

— Partie perdue!... — Ce comte de Gordes est-il un homme?... — Je veux ma revanche... je veux la vengeance, et je les aurai, dussé-je y laisser ma vie!...

— Mais comment?...

Quand au bout de deux ou trois minutes Raoul revint, apportant de l'eau glacée dans sa cape de velours qui la laissait couler goutte à goutte; — il trouva sa belle-sœur appuyée sur son coude et les yeux ouverts.

— Ah! — s'écria-t-il, — vous voilà ranimée!... — Quel bonheur!...

— Je sors d'un rêve, n'est-ce pas? — balbutia Renée d'une voix faible : — Où suis-je et que s'est-il passé?

— Rien de bien grave... — répondit le comte.

— Mais encore?

— Jack, poussé par vous outre mesure, s'est emballé; chose inévitable d'ailleurs et que je vous avais annoncée d'avance. — N'en sachez donc en aucune façon mauvais gré au pauvre animal.

— Et ensuite?...

— Un étourdissement, résultant de la trop grande vitesse, vous a fait tourner la tête. — Vous avez pris peur...

— Et je suis tombée?

— C'est-à-dire que vous seriez tombée, c'est certain, car vous ne vous mainteniez en selle que par miracle, mais j'ai eu l'heureuse chance de vous recevoir dans mes bras au moment où Jack s'abattait.

— Alors, vous m'avez sauvé la vie!

— Je vous ai évité une chute un peu rude sur le gazon, pas autre chose, et je vous ai apportée ici.

— Combien y a-t-il de temps de cela?

Raoul, nous le savons, avait l'horreur du mensonge.

Il rougit légèrement, et néanmoins il répondit sans hésiter:

— Tout au plus cinq minutes... — Votre évanouissement n'aura pas été long... — Vous trouvez-vous mieux? — ajouta-il.

— Il me semble que oui.

— Voulez-vous essayer de vous tenir debout?

— Très-volontiers, mais il faut m'aider car les parois de cette grotte tournent encore autour de moi...

Raoul tendit les deux mains à Renée qui, une fois debout, déclara que le vertige dont elle venait de se plaindre diminuait rapidement et qu'elle se sentait capable de reprendre le chemin du château de Gordes.

XIV

— Il y a loin d'ici au château, — reprit le comte.
— Peut-être feriez-vous bien, ma sœur, de vous
reposer encore un peu...

— C'est inutile, — répliqua Renée, — je n'éprouve
aucune fatigue...

— Oserez-vous remonter à cheval?...

— Parfaitement... — Jack ne s'est emporté que
par ma faute ; si j'avais suivi vos conseils rien de
fâcheux ne serait arrivé... — C'est une leçon... J'en
profiterai et je serai prudente à l'avenir...

— Venez donc...

Raoul et Renée quittèrent la grotte.

Les chevaux ne s'étaient point écartés et se
régalaient de feuilles vertes et de jeunes pousses.

Ils se laissèrent rejoindre avec une exemplaire

docilité, et le comte aida sa belle-sœur à remonter sur Jack.

Lui-même se remit en selle, et tous deux reprirent au petit pas le chemin de Gordes.

Pendant un quart d'heure à peu près le cavalier et l'amazone n'échangèrent aucune parole.

Au bout de ce temps Raoul se tourna vers Renée :

— Chère sœur, — lui dit-il d'une voix émue, — je voudrais causer avec vous sérieusement...

La jeune fille regarda son beau-frère d'un œil étonné.

— Sérieusement? — répéta-t-elle.

— Oui, — poursuivit-il, — et la façon dont je vais vous parler à cœur ouvert vous prouvera toute la confiance que vous m'inspirez...

— Certes, vous avez bien raison d'avoir confiance... — répliqua Renée. — Je le mérite ! — De quoi s'agit-il?...

— Je veux vous demander un sacrifice...

— De quelle nature?

— De coquetterie.

— Vous m'intriguez beaucoup, mon frère, et d'autant plus que je ne me crois point coquette...
— Enfin, ce sacrifice?...

— C'est de renoncer à une coiffure qui vous va merveilleusement...

— Parlez-vous de celle que j'inaugure aujourd'hui?

— Oui.

Renée se mit à rire.

— Vous m'intriguez de plus en plus! — reprit-elle. — Que vous vous occupiez de la coiffure de Jeanne, je le comprends... — Mais de la mienne!... A quel propos?...

— Cette question m'amène à l'étrange aveu que je dois vous faire... — Je vous ai laissé comprendre à Venise, lors de notre premier entretien dont chaque mot est gravé dans ma mémoire, qu'il existait une vague ressemblance entre vous et la pauvre femme que j'ai aimée pour son malheur...

— Je crois me rappeler en effet quelque chose de ce genre... — murmura la jeune fille en jouant l'insouciance.

— Eh bien! — continua Raoul, — madame de Braines portait cette coiffure que par hasard vous avez choisie, et en copiant Juliette à votre insu vous êtes devenue sa vivante image...

Le cœur de Renée se remit à battre avec force. — L'espoir anéanti se raviva. — Elle paraissait dangereuse au comte, donc elle pouvait triompher encore...

Qui sait s'il n'allait pas lui dire : — *En vous voyant ainsi, j'ai peur de vous aimer !*

— Qu'importe une ressemblance, — répliqua la jeune fille — puisque cette femme est morte et que sa place dans votre cœur est à Jeanne aujourd'hui ?...

— Eh ! — s'écria le comte avec feu, — c'est justement parce que j'appartiens cœur et âme à ma Jeanne bien-aimée qu'un souvenir importun, s'imposant à moi malgré moi, me cause une sensation douloureuse... — Je sacrifierais sans regret dix années de ma vie pour effacer jusqu'à la moindre trace d'un passé d'erreur et de souffrance... — Jugez combien il m'est pénible d'avoir incessamment sous les yeux l'évocation de ce passé funeste ! — Je ne suis pas de ceux qui se donnent à demi !... — De même que Jeanne a tout mon amour, il faut qu'elle ait toutes mes pensées !... — Sous peine d'offenser cet ange je ne dois pas me souvenir que Juliette de Braines a vécu... — Je dois oublier à la fois son visage et son nom... — Ma tendresse et ma loyauté s'unissent pour m'imposer cette loi ! Oserais-je approcher mes lèvres des lèvres pures de Jeanne si le souvenir d'une autre femme hantait mon esprit tourmenté ?... — Ce serait une profanation et je me croirais sacrilège !... — Voilà pourquoi, chère Renée, je vous supplie de m'accorder la grâce que je sollicitais tout à l'heure... — Redevenez vous-même, c'est-à-dire la charmante fille

8.

qui nous est si chère, et dans mon existence absolument heureuse grâce à notre Jeanne adorable, n'a-
menez plus une douleur et n'éveillez plus un
remords sous la forme du spectre d'un temps éva-
noui... — Me le promettez-vous ?

Renée frissonnant devint pâle.

La défaite cette fois était de celles dont on ne
se relève pas ! — irrémédiable ! — sans appel possible !...

Elle le comprit.

— Mon frère, — dit-elle d'une voix sèche et qui
semblait démentir ses paroles, — vous m'inspirez
une trop vive affection pour qu'il ne me paraisse
point facile de sacrifier à votre repos un caprice
de futile coquetterie !... — J'aime trop surtout ma
chère Jeanne pour songer à mettre entre vos baisers
et ses lèvres un souvenir aujourd'hui détesté,
une image à présent odieuse ! — Soyez sans crainte,
vous ne verrez plus cette coiffure...

— Merci, ma sœur... — répliqua Raoul, un peu
surpris du ton de Renée mais à mille lieues de soupçonner la véritable cause de l'amertume qui débordait en elle et qu'elle ne parvenait point à
cacher.

— Comme il l'aime ! — pensait la jeune fille.
— C'est moi, sans elle, qu'il aurait aimée ainsi !
Son cœur et sa fortune, elle m'a tout pris ! — Et

je la laisserais lâchement jouir en paix du bien volé !... — Allons donc !... — Je ne puis la briser ainsi... je la briserai d'une autre façon...

A partir de ce jour il se fit une métamorphose absolue dans les allures et dans l'attitude de Renée ; non brusquement, ce qui peut-être aurait paru bizarre, mais peu à peu et par gradations insensibles.

Ayant modifié son plan primitif, ou pour mieux dire cherchant un plan nouveau, la jeune fille se dit qu'avant toutes choses il importait de se rendre indispensable, afin que si Jules Leroux — (contre toute prévision et toute vraisemblance) — abrégeait la durée de son séjour à Paris, l'idée ne pût venir ni à Raoul, ni à Jeanne, de la renvoyer aux Vertes-Feuilles.

Elle parut se prendre de passion pour la campagne en général et pour le domaine de Gordes en particulier.

Elle témoigna le désir de suivre l'exemple de sa sœur, et de devenir dans une certaine mesure la providence de ceux qui souffraient.

Elle voulut accompagner Jeanne chaque matin dans ses visites charitables aux indigents et aux infirmes, et elle distribua en aumônes la majeure partie des quelques centaines de francs que son père lui avait laissés comme argent de poche au moment de son départ.

Elle prit à tâche de débarrasser Jeanne des vulgaires soucis auxquels une châtelaine, fût-elle dix fois millionnaire, ne **peut** se soustraire tout à fait, et la petite comtesse, qui ne demandait qu'à s'absorber dans son amour la laissa, non-seulement sans ennui mais avec une vive reconnaissance, prendre le sceptre du pouvoir intérieur...

Renée d'ailleurs se garda bien d'user sans modération de l'autorité que lui abandonnait Jeanne.

Elle régna, mais discrètement et avec une sorte d'humilité. — Elle commandait d'une façon si douce que les domestiques, généralement mal disposés pour quiconque est intermédiaire entre eux et leurs maîtres, lui obéissaient volontiers.

La transformation de son caractère n'était pas moins frappante. — Plus de caprices, plus d'emportements, plus d'aspirations folles vers les plaisirs bruyants, mais une souplesse merveilleuse et une inaltérable égalité d'humeur.

Toujours élégante enfin, mais d'une élégance simple affirmant un dédain profond pour les toilettes tapageuses, Renée semblait d'autant plus séduisante qu'elle paraissait se douter moins des séductions de sa personne.

Elle témoignait à Jeanne une tendresse passionnée; à Raoul une affection de sœur, nuancée de vagues élans réprimés aussitôt.

Bref, si le calme profond et le bonheur sans nuages existent sur la terre, on les rencontrait au château de Gordes.

Un jour Raoul et Jeanne étaient allés à la Tour-du-Roy déjeuner avec Lazarine.

Ayant refusé de se joindre à eux, sous prétexte d'un commencement de migraine, Renée se trouvait seule.

Quand la jeune fille avait la certitude que personne ne pouvait l'épier ou la surprendre, l'expression de son visage se modifiait rapidement; on eût dit qu'elle laissait tomber un masque.

Ses traits crispés décelaient l'obsession d'une pensée de haine immuable... — Ses regards si doux devenaient fixes et menaçants...

C'est que, de même qu'un dramaturge cherche pour une pièce sombre un dénouement tragique, Renée cherchait les noirs sentiers qui, sûrement et sans danger, la conduiraient au but.

Ce jour-là, tandis qu'elle déjeunait seule, le valet de chambre posa sur la table auprès d'elle, dans un plat d'argent, les journaux qui venaient d'arriver.

La jeune fille prit le *Figaro*, rompit la bande et parcourut le plus parisien des journaux de Paris.

Sous la rubrique : *Nouvelles diverses*, ce sous-titre : *un Drame mystérieux*, attira son attention.

Elle lut le récit suivant :

« Nous sommes certainement les premiers à raconter une histoire étrange dont nous garantissons l'authenticité, et dont tout Paris s'occupera ce soir et toute la France demain.

» Nous étions renseignés depuis deux jours. — Nous aurions pu parler ; nous ne l'avons pas fait afin de ne point entraver l'action de la justice.

» Aujourd'hui nous croyons convenable de remplacer les noms de famille par des initiales. — Demain nous imprimerons ces noms.

» Voici les faits :

» Il y a deux ans un Havanais d'origine espagnole, don Luis de H..., âgé de trente-quatre ou trente-cinq ans, vint se fixer à Paris avec sa jeune femme Mercédès, créole de la Louisiane, plus jeune que lui d'une dizaine d'année.

» Don Luis possédait une fortune évaluée à plusieurs millions... — Mercédès était belle. — Le mari adorait sa femme qui paraissait le payer de retour. — Bref on ne pouvait voir un couple plus charmant, plus uni et, selon toute vraisemblance, plus heureux.

» Presque aussitôt après son arrivée à Paris, don Luis avait acheté l'un de ces ravissants hôtels qui bordent l'avenue de l'Impératrice, et cet hôtel était devenu bien vite un centre de réunion pour la colonie étrangère et pour un grand nombre de Parisiens appartenant à ce monde d'élite où sont représentés l'aristocratie, la haute banque, la politique, les lettres et les arts.

» Les fêtes de dona Mercédès faisaient sensation dans le high-life. — Les appartements de réception de l'hôtel, communiquant avec un vaste jardin d'hiver où la flore des tropiques s'épanouissait dans toute sa splendeur, étaient cités comme des merveilles d'élégance et de luxe, et nous avons eu nous-même, à plus d'une reprise, l'occasion d'en parler.

» Entourée d'hommes remarquables dont beaucoup cherchaient à lui plaire et dont quelques-uns paraissaient véritablement épris, la belle créole conservait une réputation absolument intacte.

» Gracieuse, mais indifférente ; accueillant ses visiteurs avec une bienveillance égale pour tous, elle faisait preuve en sa conduite d'un tact si parfait qu'on ne la pouvait même accuser de coquetterie.

» Don Luis, — quoique Espagnol, — ne semblait point jaloux et laissait à sa femme une liberté complète, bien convaincu sans doute qu'elle n'en abuserait jamais.

» Comment supposer qu'un drame effrayant se cachait sous ces apparences de paisible bonheur?... »

— Quel était ce drame ? — se demanda Renée dont la curiosité s'éveillait d'autant plus qu'elle se rappelait à merveille avoir vu passer au Bois, dans des voitures irréprochablement attelées, la belle Mercédès et son mari dont elle devinait le nom sous l'initiale transparente.

XV

Renée poursuivit sa lecture. — L'article continuait ainsi :

« Un jour, — il y a six mois de cela, — l'hôtel de l'avenue de l'Impératrice cessa d'ouvrir ses portes, non-seulement aux invités, mais aux intimes.

» Mercédès ne se montra plus nulle part.

» Don Luis venait de tomber malade, et dès l'abord son état parut grave au médecin appelé en toute hâte.

» D'assez haute taille; maigre ou plutôt sec, mais vigoureusement charpenté; brun de peau avec des cheveux noirs épais, des favoris noirs, des yeux noirs, le Havanais paraissait très-fort et jouissait d'une robuste santé.

» Il fut abattu tout d'un coup et, chose singulière,

ļe médecin eut la bonne foi de déclarer qu'il ne comprenait rien à la cause du mal, qu'il ne pouvait prévoir la marche de la maladie et que, refusant d'assumer seul une grave responsabilité, il désirait s'entourer des lumières de ses confrères.

» Mercédès déféra avec empressement à ce vœu si naturel.

» Les *princes de la science* furent réunis en consultation et ne parvinrent à s'entendre que sur un seul point, celui-ci : le cas pour lequel on les appelait était *inédit* et demandait à être étudié longuement avant de pouvoir être classé, étiqueté, catalogué, et traité d'une façon logique et efficace.

» Ils étudièrent en effet avec une conscience irréprochable, qui n'obtint que des résultats négatifs.

» La maladie semblait se moquer des médecins. — Du jour au lendemain, parfois d'une heure à l'autre, les symptômes changeaient, mettant à néant les prévisions les mieux raisonnées et rendant indispensable une médication nouvelle.

» Admirable de dévouement, courageuse, infatigable, Mercédès ne quittait pas le chevet de son mari...

» Don Luis, gardant son intelligence nette et vivace au milieu de ses plus vives souffrances, ne voulait recevoir que des mains de sa femme les potions nécessaires, sinon à son salut du moins à son soulagement.

» Au bout de trois mois le pauvre millionnaire s'é-
teignit en souriant à Mercédès dont il tenait les
mains dans ses mains...

» On n'a pas oublié la magnificence du convoi qui
conduisit au cimetière du Père-Lachaise la dépouille
mortelle de don Luis.

» Le lendemain, les cartes de *tout Paris* arrivaient
à l'hôtel.

» La jeune veuve fut sublime de douleur résignée
— Elle eut l'attitude d'une femme qui songe au Ma-
labar, et se ferait brûler toute vive avec un indicible
plaisir sur le tombeau de l'époux regretté.

» A peine est-il besoin de dire que don Luis par
testament lui laissait sa fortune entière, sans qu'aucune clause restrictive la gênât dans la libre disposition de cet héritage colossal.

» Mercédès étant en grand deuil et ne pouvant en
conséquence rouvrir sa maison avant de longs mois —
(si même elle la rouvrait jamais) — Paris, qui veut
qu'on l'amuse, cessa complétement de s'occuper
d'elle.

» Parmi les amis les plus intimes de feu don Luis
H***, se trouvait un jeune hommes, José D***, créole
de la Louisiane comme Mercédès, qu'il connaissait
avant son mariage et par qui il avait été présenté au
Havanais.

» José dont la beauté mâle et gracieuse à la fois

pouvait lutter avec celle du Bacchus indien, menait à Paris une existence orageuse, jouait gros jeu, perdait souvent, dépensait des sommes folles, sans que ses compatriotes de la colonie étrangère pussent deviner au juste d'où lui venait tant d'argent, car sa famille, à la Louisiane, ne passait nullement pour riche.

» On finit par supposer que don Luis, ne pouvant se passer de lui, mettait à sa disposition sa caisse inépuisable, mais on se trompait car le Havanais, au contraire, lui reprochait souvent ses prodigalités folles et le chapitrait surtout vertement au sujet de ses liaisons scandaleuses avec des cocottes très en vue.

» Quand ces choses se disaient devant Mercédès, la jeune femme et José échangeaient un furtif regard et souriaient.

» Depuis son veuvage la créole ne recevait absolument que José, mais à d'assez longs intervalles, et personne ne s'étonnait de ces visites, l'intimité du jeune homme avec feu don Luis les rendant naturelles.

» Nous annoncions ici même, il y a huit jours, l'arrestation d'un étranger bien connu dans le monde où on s'amuse, inculpé de faux.

» Cet étranger était José D***

» Un riche banquier, voyant sa signature imitée sur une traite de cent mille francs négociée par le créole et payable le surlendemain, avait porté plainte.

» Vainement José prouva qu'il avait en main les cent mille francs nécessaires pour faire face à l'échéance.

» Le fait délictueux, quoique atténué n'en existait pas moins, et l'arrestation fut maintenue.

» Dans le fiacre qui de Mazas le conduisait *à l'instruction*, José fit l'imprudence de proposer à ses gardiens dix mille francs s'ils voulaient faire parvenir à la veuve de don Luis un billet de deux lignes, en échange duquel elle remettrait l'argent.

» — Affaire convenue, — répliqua l'un des agents, — voici du papier et un crayon...

» Le jeune homme écrivit :

» Allez chez moi tout de suite et brûlez toutes » les lettres. — Urgence. — Donnez *dix mille francs* » au porteur.

» JOSÉ. »

» — C'est parfait! — dit l'agent, — la dame aura le poulet ce soir.

» Un quart d'heure plus tard les trois lignes de José étaient dans les mains du juge d'instruction.

» Le soir même ce magistrat, assisté d'un commissaire aux délégations judiciaires et d'un agent de la sûreté, se rendait au domicile du créole et saisissait les papiers et les lettres, se réservant de les examiner à loisir avec l'attention qu'ils méritaient à

coup sûr, car on ne paye pas dix mille francs la des-
truction de papiers insignifiants.

» Le lendemain — (c'est-à-dire avant-hier) — une
descente de police avait lieu dans l'hôtel de l'avenue
de l'Impératrice où l'on arrêtait Mercédès.

» Pourquoi cette arrestation stupéfiante?

» Oh! mon Dieu, c'est bien simple...

» L'irréprochable épouse, la veuve inconsolable,
la moderne Artémise, était depuis longtemps —(et
peut-être même antérieurement à son mariage)— la
maîtresse de José...

» Au point de vue du monde à morale facile ceci
n'eût été que péché véniel, et la justice d'ailleurs
n'aurait pas eu le droit d'intervenir, le mari mort ne
pouvant porter plainte, mais il résultait nettement,
clairement, indiscutablement, des lettres de Mercédès
saisies chez José, que la maîtresse et l'amant s'étaient
entendus pour supprimer don Luis, pour se marier
après l'expiration des délais légaux, et pour jouir en
paix de la fortune de leur victime.

» N'est-il pas vrai que cela fait un peu froid dans
le dos?

» Comment le crime avait-il été commis?

» Par le poison.

» Pourquoi les *princes de la science* réunis en consultation, s'étaient-ils déclarés incompétents, laissant
les meurtriers achever leur œuvre?

» Parce que ces meurtriers avaient trouvé moyen de dérouter la science. — Ils se gardaient bien d'acheter chez le pharmacien du laudanum ou de la mort-aux-rats, et d'employer ces drogues aussi bavardes que malfaisantes dont les effets connus et décrits trahissent aussitôt la main qui les emploie...

» Le jardin d'hiver où flottaient encore des lambeaux de mélodie de l'orchestre des derniers bals avait été leur laboratoire...

» Les plantes et les fleurs des tropiques s'étaient faites leurs complices...

» Les poisons végétaux, sueur et séve de ces végétations terribles, étaient devenus dans leurs mains des armes mystérieuses, tuant d'une facon sûre et sans laisser de traces; de traces appréciables du moins, car, il faut bien le dire — (au risque de nous attirer demain d'innombrables répliques) — l'étude de certains poisons végétaux est à l'état rudimentaire, et messieurs les assassins assez riches pour exploiter les ressources mortelles de la flore indienne ont en ce moment trop beau jeu...

» Mercédès H*** et José D*** sont au secret le plus rigoureux, et voilà sur la planche un procès émouvant, une véritable *Cause célèbre*, pour notre excellent collaborateur et ami Fernand de Rodays.

» Nous tiendrons nos lecteurs au courant. »

Le *Figaro* tomba des mains de Renée qui, le coude

appuyé sur la table et sa joue sur sa main, resta longtemps plongée dans une rêverie profonde et sombre.

— Les fleurs des tropiques... — murmura-t-elle tout à coup. — La flore indienne... Qui sait?... — Sans ses lettres qui l'ont perdue, Mercédès, veuve, serait libre et riche... — Écrire ainsi... quelle folie!... — Je n'écrirais pas, moi !... Je n'écrirais jamais !...

La jeune fille acheva rapidement son déjeuner, touchant à peine aux mets placés devant elle par le valet de chambre !...

Elle prit une grande tasse de café qu'elle aimait peu et dont habituellement elle ne buvait que quelques gouttes, puis elle quitta la salle à manger, emportant les journaux dans le petit salon où elle les laissa après en avoir déchiré les bandes, mais sans jeter un coup d'œil sur leur contenu ; — elle mit le *Figaro* dans sa poche, remonta chez elle, relut une seconde fois l'article que nous venons de reproduire et cacha sous des robes, au fond d'un tiroir, le numéro du journal.

Ensuite elle s'absorba de nouveau dans cette étrange rêverie qui déjà s'était emparée d'elle après sa première lecture et qui donnait à son admirable visage une expression sinistre.

Raoul et Jeanne ne prolongeaient point leurs visites à la Tour-du-Roy, dans la crainte de fatiguer

Lazarine que sa grossesse en ce moment rendait un peu souffrante; ils furent de retour au château de Gordes vers trois heures de l'après-midi.

En entendant la voiture entrer dans la cour d'honneur, Renée s'empressa de descendre et précéda de quelques secondes au salon le comte et la comtesse.

— Eh bien! chère sœur, — demanda Raoul en embrassant la jeune fille sur le front, — comment va cette fâcheuse migraine qui ne vous a pas permis de nous accompagner?...

'— Beaucoup mieux, — répliqua Renée en souriant.

— Vrai?

— Je vous l'affirme.

— Cependant,— dit Jeanne,— tu es pâle... — Est-ce complétement fini?

— Presque... — Mais ne nous occupons plus de moi et parlons de Lazarine.

—Lazarine,—répondit Jeanne,— est aussi bien que possible... — Toujours triste... — Un peu fatiguée... — Malgré cela forte et courageuse... — Elle a regretté très-vivement et très-sincèrement le malaise qui la privait de ta visite et m'a chargée de t'embrasser pour elle, ce que je vais faire de tout mon cœur.

— A-t-elle des nouvelles de mon père?

— Aucune.

—Excellent père! — s'écria Renée avec un rire qui

9.

n'était point exempt d'amertume. — Quand il s'amuse il oublie qu'il a des filles !

— Ma sœur... ma sœur... — fit la petite comtesse d'un ton de reproche... —Ceci est une méchanceté...

— Tu sais bien, ma mignonne, que je ne suis point méchante...

Raoul feuilletait les journaux.

— Renée, — demanda-t-il, — avez-vous vu le *Figaro* ?

— Non, — répondit la jeune fille, — je l'ai cherché comme vous, — il n'est pas arrivé ce matin...

— Le service de la poste est bien mal fait ! — murmura le comte.

XVI

Nous avons dit que l'appartement de la seconde fille de Jules Leroux communiquait par un escalier dérobé avec les serres, ou plutôt avec la réunion des jardins d'hiver faisant suite aux appartements de réception.

Ces jardins d'hiver passaient dans tout le département pour d'incomparables merveilles.

Leur installation avait coûté des sommes énormes.

Bon nombre de familles se seraient trouvées riches avec des revenus égaux à la moitié de l'argent dépensé chaque année pour leur entretien.

Le lendemain matin Renée, qui jusqu'alors avait fait profession d'une complète indifférence à l'endroit des splendeurs végétales du rez-de-chaussée, descendit de bonne heure et pénétra dans les serres.

Autour d'elle de minces et innombrables colonnettes de fer montaient comme des roseaux métalliques pour soutenir la coupole transparente et cintrée pareille à la nef d'une cathédrale.

De toutes parts s'étalaient les feuillages plantureux, les grasses végétations, les épanouissements de verdures.

Au milieu de la serre principale, au ras du sol, dans un bassin arrondi de marbre rouge, la flore aquatique de l'Orient vivait, étrange et vaguement inquiétante.

Un dieu indien de granit rose, venu du pays des mystères et des enchantements, se dressait sur un fût de colonne au point central de ce bassin, et les panaches verdoyants des cyclanthus le voilaient à demi.

D'énormes tornélia, tordus comme des nœuds de serpents, s'enchevêtraient au-dessus du bassin, et leurs racines aériennes semblaient de grands filets laissant voir à travers leurs mailles les transparences glauques de l'eau tiédie.

Des pandanus de Java épanouissaient près des bords leurs gerbes de feuilles minces, dentelées et épineuses, striées de vert et de blanc.

Les étoiles roses des nymphéa s'ouvraient à fleur d'eau, côte à côte avec les feuilles rondes des euryales pareilles à des reptiles malades.

La sélaginelle, cette fougère naine, remplaçait le

gazon, et son vert tendre faisait un vif contraste avec le marbre rouge de la bordure du bassin.

Une large allée sablée contournait le jardin d'hiver, bordée de massifs dont les tiges hardies montaient jusqu'aux vitrages de la coupole.

Les grands bambous de l'Inde, les palmiers, les ravenala, les bananiers, épanouissaient, les uns la pluie légère de leurs feuilles, les autres leurs éventails arrondis, ceux-ci leurs écrans japonais, ceux-là leurs régimes de bananes et leurs longues feuilles horizontales.

Çà et là les euphorbes d'Abyssinie, épineux, tortus, et dont les bosses distillaient le venin...

Sous les arbres et sous les arbustes, des fougères basses cachaient le sol. — C'étaient des ptérides, des adiantum aux fines dentelles et des alsophila de taille un peu plus haute, aux rameaux symétriques et sexangulaires.

Les fers de lance des caladium, à nervures vertes sur un fond blanc, les feuilles torses des bégonia tachées de vert et de rouge, plantes singulières, d'aspect mystérieux à la fois éclatant et sombre, entouraient les massifs.

Dans les profondeurs des galeries vitrées formant les rayons de la grande nef se creusaient, sous des lianes entrelacées, des cavernes de verdure.

C'étaient par endroits des aspects de forêt vierge

avec leurs inextricables fouillis de jets, de tiges, de branchages, et leurs murailles de verdure.

Les gousses mûres des pieds de vanille exhalaient un âpre parfum. — Les fleurs bizarres des quisqualus, les grappes rouges des bauhinia bigarraient joyeusement les feuillages plus sombres.

Puis, s'échappant des corbeilles suspendues, la tribu des orchidées étalait ses végétations aériennes et fantastiques.

Et que de richesses encore, impossibles à décrire, dont l'énumération seule remplirait dix pages de ce livre...

De grands hibiscus de la Chine, aux fleurs rouges et éphémères s'ouvrant comme des lèvres de femme, avides de baisers...

Des tanghins de Madagascar, aux feuilles de buis, dont les tiges blanchâtres laissent couler une séve pareille au lait, poison subtil entre les plus subtils.

Dans l'atmosphère flottaient des odeurs pénétrantes, sensuelles et vénéneuses à la fois, parlant, à qui savait les comprendre, et de l'amour et de la mort.

Et partout, noyé sous les feuillages luxuriants, le marbre des statues semblables à des nymphes sortant blanches du bain parfumé.

Renée se promena dans les serres, longuement, à pas lents, attachant sur les plantes et les fleurs de longs regards empreints d'une curiosité farouche et leur demandant le secret des venins qu'elles recelaient...

Quand enfin elle quitta le jardin d'hiver, elle se sentait la tête pesante. — Une sorte de torpeur s'était emparée d'elle ; — elle aurait voulu dormir...

L'atmosphère chargée d'aromes malfaisants qu'elle venait de respirer produisait son effet.

— Le journal d'hier disait vrai... — pensa-t-elle. — Ceci est un laboratoire où la végétation des pays du soleil peut et doit devenir complice de quiconque veut se venger...

Le château de Gordes, — ainsi que toute grande habitation qui se respecte, — possédait une bibliothèque fort belle.

Renée le savait, mais n'avait jamais franchi le seuil de la vaste salle que tapissaient des milliers de volumes richement reliés et rangés en bon ordre.

Pendant trois jours elle passa ses après-midi dans cette salle, se livrant à des recherches qui ne furent point couronnées d'un succès complet.

La jeune fille désirait mettre la main sur quelque ouvrage relatif à la flore vénéneuse des tropiques.

Le rayon de la botanique offrait assurément des ressources, et les livres spéciaux ne manquaient point, mais tous ces livres dataient d'une époque où les savants s'occupaient fort peu de la toxicologie végétale des climats chauds. — En un mot, les traités divers feuilletés par la sœur de Jeanne *n'étaient pas dans le mouvement.*

Comment se procurer des livres plus modernes?

En fille résolue qu'elle était, Renée n'hésita point et marcha droit à son but.

— Mon cher Raoul,— dit-elle un matin en déjeunant,— figurez-vous que je me suis prise de tendresse pour les merveilles de l'horticulture, et que depuis quelques jours on ne rencontre que moi dans vos serres où vous mettez rarement les pieds...

— C'est si beau, les fleurs!... — s'écria Jeanne. — Tu dois t'en souvenir, Renée, je les adore depuis mon enfance!... Mais je les aime cent fois mieux au grand air, en plein soleil, que sous les vitrages d'un jardin d'hiver... — N'es-tu pas de mon avis?

— Non, chère sœur... — répliqua Renée.

— Pourquoi donc?

— Parce que les plantes de serre, arrivant de contrées lointaines, parlent à mon imagination d'une façon vive par l'étrangeté de leurs formes et de leurs feuillages, par la vivacité de leurs nuances, par la bizarrerie de leurs aromes...

— Je comprends cela... — fit le comte...

— Mais, — poursuivit Renée, — admirer ne me suffit plus... — J'ai soif de connaître; enfin — (et dût cette prétention vous sembler ridicule) — je voudrais devenir savante... au point de vue botanique, bien entendu...

— Qui vous en empêche, chère sœur? — La botanique est une étude charmante et bien féminine... — Étudiez...

— Et voilà tout justement ce que je désire... Mais...

— Ah ! — fit Raoul en souriant, — il y a un *mais*... — Quel est ce *mais*?

— Pour étudier, il faut des livres...

— Ils ne manquent pas à la bibliothèque...

—Ceux dont j'aurais besoin manquent au contraire de façon complète... — J'en ai trouvé beaucoup, mais vieux comme le monde... — Ces spécialistes du temps passé ne disent pas un traître mot des fleurs superbes qui peuplent vos serres... — il me faudrait la science moderne...

— N'est-ce que cela?... — Je vais écrire aujourd'hui même à Paris, et je vous promets avant trois jours une collection très-complète des bons auteurs contemporains — (dont j'ai le tort d'ignorer les noms !) — qui traitent l'importante question des fleurs tropicales... — C'est bien cela que vous souhaitez, n'est-ce pas, chère sœur?...

— C'est bien cela... — Merci, mon frère...

— Et, — dit la comtesse en riant, — quand tu seras devenue très-savante tu me donneras un peu de ta science... Je ne connais que les fleurs du bon Dieu, celles qu'il fait pousser partout, et pour tout le monde, afin que chacun ait sa part de doux éclat et de bonne odeur... les violettes, les lis et les roses... Va! ce ne sont pas les moins belles... aussi Dieu sait si je les aime!... — Mais j'étudierai volontiers les autres... les étrangères... les orgueilleuses... afin de revenir aux premières avec plus de plaisir et plus de tendresse encore...

M. de Gordes tint parole.

Le troisième jour une voiture du château alla chercher à la gare d'Orléans un colis de librairie qui venait d'arriver pour le comte.

Ce colis se composait d'une vingtaine de volumes d'un format imposant et d'un prix sérieux.

Chaque volume renfermait un grand nombre de gravures coloriées à la main avec un véritable talent et jouant l'aquarelle à s'y méprendre.

Renée ne cacha point son enthousiasme en reconnaissant les portraits fidèles de toutes les fleurs qui s'épanouissaient dans les jardins d'hiver.

Les arbustes et les plantes de diverse nature s'y trouvaient aussi, et chaque *figure* était accompagnée d'une notice explicative très-détaillée et très-raisonnée.

La jeune fille n'avait point soupçonné jusqu'à ce jour qu'il existât quelque chose d'aussi complet.

Désormais elle pouvait suivre d'un pas ferme le chemin dont nous connaissons le but...

Elle se mit à l'étude avec une si grande ardeur que Raoul et Jeanne crurent d'abord à quelque caprice dont l'intensité fébrile irait bientôt en s'affaiblissant, mais l'ardeur persista. — Renée travaillait tous les jours, tantôt dans les serres, tantôt chez elle, et parfois même la lampe de son appartement ne s'éteignait que bien avant dans la nuit.

— Je crains qu'elle ne se rende malade... — disait Jeanne à son mari.

— Il faut la laisser faire... — répondait le comte. — Notre chère sœur a besoin d'occuper son esprit... l'étude sert de dérivatif à l'activité sans emploi dont elle est amplement douée... — Quand viendra la fatigue, elle se calmera.

La fatigue parut venir au bout de trois semaines.

Un matin Renée ferma les beaux livres à images, et ni ce jour-là, ni le lendemain, ni le surlendemain, elle ne remit les pieds dans la bibliothèque et dans le jardin d'hiver.

— Eh bien, et la science? — lui demanda Raoul en souriant.

— J'ai donné ma démission de savante... — répliqua la jeune fille en souriant aussi. — Je renonce à l'Institut et je reprends mes fonctions de surintendante de la maison de très-haute et puissante dame Jeanne Leroux, comtesse de Gordes...

En effet Renée redevint de point en point ce qu'elle était avant la lecture de l'article du *Figaro*.

C'est à cette époque qu'elle prononça les paroles singulières répétées par le comte à Lazarine et provoquant l'étonnement et l'incrédulité de celle-ci.

— Comment ferons-nous pour vivre sans vous, chère sœur! — lui disait Raoul, — le jour où vous vous marierez, quel vide dans notre intérieur!

Elle répondit avec un sourire un peu triste :

— Rassurez-vous, mon frère, ce vide n'existera pas... — Je ne me marierai jamais.

— Pourquoi cela?

— C'est mon secret.

— Ne puis-je le connaître?

— Non.

— Si j'insistais, pourtant?

— Vous le feriez en vain... — Personne ne saura ce secret, et vous moins que tout autre...

XVII

Jeanne, nous le savons, était une marcheuse intrépide.

Chaque matin avant déjeuner, à moins que le temps ne fût très-mauvais, elle faisait de longues courses dans les environs de Gordes, comme jadis aux Vertes-Feuilles, allant visiter les malades et porter aux indigents de larges aumônes.

Elle ne se servait jamais pour ces visites de charité des voitures du château, ni de son petit duc attelé de deux jolis poneys sardes, que cependant elle aimait à conduire de sa main mignonne.

Le comte, un jour, s'en étonnait.

— Songez donc, cher Raoul, — répliqua-t-elle, — que mes protégés sont bien pauvres... — Leur misère m'impose la simplicité... — En face de

braves gens à qui manque le nécessaire, je rougirais
d'étaler le luxe que votre fortune me permet...

Cette touchante réponse ne pouvait être discutée.

M. de Gordes embrassa l'adorable enfant qu'il
adorait, et se tut.

Renée, — nous l'avons dit, — avait pris l'habitude
d'accompagner Jeanne et lui tenait fidèle compagnie.

Un matin, quinze jours environ après le moment
où la seconde fille de Jules Leroux s'était déclarée
lasse de ses études botaniques, [la petite comtesse
et sa sœur se trouvaient à trois kilomètres de Gordes dans la chaumière d'un bûcheron dont la femme
venait d'accoucher.

Jeanne avait fourni la layette, donné l'argent
nécessaire pour parer à tous les besoins, et dit ces
bonnes paroles qui sont pour les âmes endolories ce
que les toniques et les fortifiants sont pour les corps
épuisés.

La jeune femme et la jeune fille allaient partir
et déjà se dirigeaient vers la porte, suivies par les
actions de grâces et les bénédictions du pauvre
ménage.

Jeanne s'arrêtant tout à coup saisit le bras de
Renée.

— Qu'as-tu donc? — demanda cette dernière dont
l'accent dénotait la surprise et l'inquiétude.

— Je ne sais pas... — répondit la petite comtesse.

— C'est très-singulier, figure-toi!... — Il me
semble que le sol se dérobe sous mes pieds et que
je vais tomber... Aussi je me cramponne à toi...

— Et cela continue?

— Oui... — je ne pourrais me tenir debout si tu
ne me servais de soutien.

— Un étourdissement sans doute...

— Je le crois... — Nous avons marché vite, et il
fait chaud.

— Il faudrait t'asseoir...

Le bûcheron s'empressa d'apporter un escabeau
sur lequel Jeanne se laissa tomber.

Au bout d'un instant, Renée reprit :

— Est-ce passé?

— Non... l'escabeau vacille... les murs chancel-
lent... je me souviens d'avoir éprouvé une sensation
presque pareille sur le bateau à vapeur, entre le
Havre et Trouville, quand la mer était forte.

— Cette sensation est-elle une souffrance, chère
sœur ?

— Non... c'est une gêne et voilà tout... — J'ai soif...
je voudrais boire...

Le bûcheron, muet mais attentif, ne laissa point
à Jeanne le temps d'exprimer deux fois ce désir.

Il rinça promptement un de ces verres communs,
si épais qu'ils ne se brisent point en tombant, le

remplit d'eau claire et — (détail qui prouvait chez le pauvre homme une délicatesse infinie) — le présenta sur une assiette.

Jeanne saisit le verre ; — sa main tremblait un peu en le portant à ses lèvres.

Elle avala d'un trait le liquide et poussa un soupir de soulagement.

— Ouf ! — dit-elle en se levant. — Cette eau bien fraîche est un, remède merveilleux qui m'a ranimée, comme par miracle. — Merci Antoine... me voilà remise et c'est à vous que je le dois... Au revoir, Simone ... Viens, Renée... l'heure du déjeuner approche... il ne faut pas faire attendre Raoul...

— Ainsi, plus d'étourdissement ? — fit Renée en suivant Jeanne.

— Plus rien...

— Les murs sont à leur place et la terre est solide ?

— J'irais à Orléans de mon pied léger, — répliqua la petite comtesse en riant.

— Allons, grâce à Dieu, ce n'était pas grave.

— C'est-à-dire que ce n'était rien du tout... — Ah ! une recommandation...

— Laquelle ?...

— Pas un mot à Raoul.

— Pourquoi ?

— Il m'aime tant qu'il s'inquiéterait et tu vois toi-même que son inquiétude serait folle.

— Sois tranquille... — Je me tairai puisque tu le veux.

Les deux sœurs arrivèrent à Gordes sans encombre.

Jeanne avait marché lestement de son pas habituel et ne se sentait pas fatiguée.

Le comte les attendait dans le parc, sous un groupe de tilleuls, près de la grille donnant sur la campagne.

— Chère femme et chère sœur, — dit-il, — soyez les bien-venues... — Venez-vous de loin?...

— De la hutte d'Antoine, au bois de Sauzy... — répondit Jeanne.

— Six kilomètres en comptant l'aller et le retour... c'est superbe!...

— Oh! nous faisons mieux que cela...

— Vous seriez des fantassins de première classe! — Vous manquez à l'armée! — Les plus longues étapes, avec vous, seraient jeux d'enfant! — Mignonne, monterons-nous tantôt à cheval?

— Je ne demande pas mieux, et nous irons au bout du monde... les jambes fines de mon poney Dick valent encore mieux que les miennes...

Les leçons d'équitation avaient continué et Jeanne était devenue bonne écuyère.

— Vous viendrez avec nous, Renée, n'est-ce pas?
— reprit M. de Gordes.

La jeune fille secoua la tête.

— Non... — répliqua-t-elle, — je compte écrire
à mon père qui nous laisse absolument sans nouvelles, et vous ferez très-bien sans moi une longue
et charmante promenade...

Cette promenade ne devait pas avoir lieu.

Au milieu du déjeuner la petite comtesse, aussi
gaie que de coutume et plus encore peut-être, car
une sorte de surexcitation fébrile la faisait causer
beaucoup et rire presque sans motifs, poussa tout à
coup un léger cri.

Le verre qu'elle tenait, s'échappant de ses doigts
se brisa sur la table, et elle demeura immobile,
raidie en quelque sorte, un peu pâle et le regard
fixe.

— Jeanne, chère Jeanne, — demanda Raoul en
quittant vivement sa place, — qu'as-tu donc.... Est-
ce que tu souffres?...

Elle ne répondit pas tout de suite.

Renée s'était agenouillée près d'elle et lui serrait
les mains.

Le comte répéta sa question.

Jeanne balbutia :

— Je ne souffre pas... je n'éprouve rien... On
dirait que je n'ai plus de corps... Je ne sens pas

les mains de Renée qui touchent les miennes... Je
vois de grands cercles brillants qui tournent comme
les soleils d'un feu d'artifice... J'entends ta voix,
mais elle me paraît venir de très-loin... et pourtant
tu es là, près de moi... c'est bien singulier, tout
ça!...

— Tellement singulier, — dit Renée, — que malgré
ma promesse il faut bien que je parle...

— Non... non... — fit la comtesse. — Tais-toi...
tais-toi, je t'en prie...

— Mon Dieu, — s'écria le comte absolument
effaré, — qu'y-a-t-il? — Que me cache-t-on?

— Rien d'alarmant... — reprit la jeune fille, —
mais enfin il est nécessaire que vous sachiez tout...
— Ce matin, dans la chaumière d'Antoine, notre
bien-aimée Jeanne a éprouvé d'une façon presque
identique ce qu'elle éprouve maintenant.

— Mais alors, — dit le comte avec angoisse, — il
faut un médecin... il le faut sans perdre une heure
et je cours...

Jeanne, par un violent effort, reconquit la faculté
de se mouvoir qui paraissait l'avoir momentanément
abandonnée.

Elle appuya sa main sur l'épaule de son mari, et
d'une voix suppliante elle balbutia :

— Pas de médecin... je t'en supplie. — Raoul, si
tu m'aimes, pas de médecin...

— Cependant... — commença le comte.

— D'ailleurs, — poursuivit Jeanne en l'interrompant ; — ce n'était rien... — c'est déjà passé... les grands cercles de feu s'effacent, et je commence à retrouver mon corps...

— Bien vrai, chérie ? tu ne dis point cela pour me tranquilliser ?...

— Tu vas voir...

Jeanne se leva en refusant l'aide de son mari et marcha, non sans peine, en chancelant un peu, comme si les nerfs et les muscles de ses jambes s'étaient brusquement détendus.

Néanmoins, lorsqu'elle eut fait quelques pas, cette étrange sensation d'amollissement se dissipa et ce fut d'une allure presque ferme qu'elle revint s'asseoir.

— Eh bien ! j'ai vu, chère enfant... — fit Raoul. — A coup sûr tu vas mieux et je suis moins inquiet, mais pourquoi me défendre d'envoyer chercher un médecin qui me rassurerait tout à fait ?...

— Parce que je ne le veux pas et que je te conjure de ne point insister... — répliqua la petite comtesse de sa même voix suppliante.

— Soit... — dit le comte. — Je cède avec regret, mais enfin il n'y a point péril en la demeure et nous verrons plus tard.

— C'est cela... nous verrons plus tard, — reprit Jeanne vivement.

— Veux-tu monter dans ton appartement et te
mettre au lit ?

— Ah! non, par exemple!... — Suis-je malade
pour me coucher?... — Je m'étendrai sur une
chaise longue, dans le salon, près d'une fenêtre ouverte, et je me reposerai bien, car, il faut que je le
confesse, j'ai voulu faire la brave, mais la course
de ce matin m'a fatiguée beaucoup et voilà l'unique
cause de cette alerte absurde que vous avez le tort,
Renée et toi, de prendre au tragique... — Quant à
notre promenade à cheval, je crois qu'il est prudent
de n'y plus penser aujourd'hui.

Cinq minutes plus tard madame de Gordes,
assise ou plutôt étendue à demi, comme elle l'avait
souhaité, sur une ample chaise longue, souriait à son
mari et à sa sœur et déclarait se trouver à merveille.

— J'ai fait une faute, — pensait Renée en répon-
dant au sourire de Jeanne par un sourire pareil, —
la dose était trop forte... les phénomènes qu'elle
détermine pourraient sembler suspects... — Ceci
me servira de leçon. — Il faut aller lentement pour
aller à coup sûr...

La journée fut tranquille et la nuit calme. — Aucune crise semblable à celles que nous avons décrites ne se manifesta.

Le lendemain il ne restait à Jeanne qu'une assez
grande faiblesse, faiblesse persistante qui ne dis-

10

parut complétement qu'au bout de quelques jours.

Lazarine et Jules Leroux, l'une à la Tour-du-Roy, l'autre à Paris, avaient été informés du malaise passager de madame de Gordes et de sa guérison complète en apparence.

Pourquoi la comtesse, lorsque Raoul parlait de son désir d'appeler un médecin — (désir si naturel et si légitime) — opposait-elle une résistance obstinée, invraisemblable, qui n'était point dans son caractère doux et soumis, et que rien ne semblait justifier?

Nos lecteurs ont deviné déjà le mot de cette énigme.

Il n'y avait au monde qu'un seul médecin en qui Jeanne eût une confiance absolue, illimitée. — C'était le docteur Maxime Giraud.

Or, Maxime Giraud, nous le savons, avait refusé de venir au château de Gordes...

XVIII

Quelques semaines s'étaient écoulées.

Tout semblait aller le mieux du monde. — La comtesse avait repris sa vivacité habituelle. — Les inquiétudes de Raoul n'existaient plus.

A force de vouloir découvrir la cause des deux inexplicables crises subies par sa bien-aimée Jeanne, le comte en était arrivé à s'accuser lui-même et à se persuader que sa tendresse trop vive et trop expansive avait apporté quelque trouble dans l'organisation nerveuse d'une mariée si jeune.

En conséquence il faisait preuve d'une abnégation surhumaine, et, renonçant pour un temps à partager chaque nuit la chambre conjugale, il occupait son appartement particulier, très-voisin de celui de Jeanne.

Pour éviter l'isolement à madame de Gordes on ouvrait le soir la porte qui mettait son cabinet de toilette en communication avec le cabinet de toilette de Renée.

La comtesse pouvait ainsi appeler au besoin sa sœur, et celle-ci, toute la nuit, avait un libre accès près de Jeanne.

Depuis son entrée au château, Geneviève était devenue sinon une femme de chambre de cocodette, du moins une camériste très-suffisante pour une maîtresse aussi résolûment simple que la sienne.

Son zèle infatigable et son intelligence naturelle suppléaient au manque d'habitude. — L'ardent désir de contenter madame de Gordes la rendait adroite. — Elle se plaignait d'être inoccupée, tout en faisant beaucoup plus de besogne à elle seule que les deux autres femmes qui partageaient son service.

En abandonnant le costume de paysanne elle avait changé de tournure.

Sa robe d'orléans noir toute unie, mais bien faite, sa chevelure épaisse, séparée sur le front en deux bandeaux lisses, son petit bonnet de linge, lui donnaient une bonne mine et même une sorte d'élégance. — La gratitude joyeuse qui débordait en elle la rajeunissait de dix ans.

Elle avait pour consigne d'entrer chaque matin

à six heures et demie dans la chambre de sa maîtresse.

Elle ouvrait alors les persiennes et plaçait près du
lit la robe de toile ou de cachemire et les bottines à
fortes semelles destinées aux courses charitables
d'avant déjeuner.

Jeanne les yeux ouverts, prête à se lever, l'accueillait souriante et causait avec elle en s'habillant.

Un matin Geneviève franchit le seuil, mais c'était
pour la seconde fois ce jour-là, et elle marchait sur
la pointe des pieds.

Jeanne avait le visage tourné vers la ruelle.

Au bruit des pas légers foulant l'épais tapis elle se
souleva lentement.

— Quelle heure est-il, bonne Geneviève ? —
demanda-elle.

En faisant cette question sa voix était si changée
que la femme de chambre inquiète tressaillit et, au
lieu d'aller à la fenêtre, vint droit au lit.

Mais les persiennes encore closes rendaient la
chambre sombre.

Au milieu de la demi-obscurité que les rideaux de
lampas bleu faisaient moins transparente encore, Geneviève ne vit qu'une forme blanche se confondant
avec la blancheur des draps .

— Madame la comtesse, — répondit-elle, — huit
heures sont sonnées depuis cinq minutes...

— Huit heures ! — répéta Jeanne, — comme il est tard!... — Je ne pourrai pas sortir ce matin!... — Pourquoi n'êtes-vous point venue à l'heure habituelle, mon enfant?...

— Je suis venue... mais madame la comtesse reposait d'un si bon cœur que je n'ai pas osé l'éveiller... — Ai-je eu tort?

— Je ne sais... j'ai la tête un peu lourde...

— Madame veut-elle dormir encore ?...

— Non ! ce serait par trop de paresse ! — Donnez du jour, bonne Geneviève... — Cette nuit persistante est vraiment triste...

La femme de chambre obéit.

Elle ouvrit les fenêtres et replia les persiennes.

Le soleil radieux, montant à l'horizon au-dessus des futaies du parc, jeta dans la chambre un flot de lumière.

Jeanne balbutia :

— Vite !... fermez vite !... Cette lumière aveuglante me fait mal...

Quoi, madame de Gordes accueillait ainsi le soleil, son ami intime, le compagnon de ses longues courses !...

Que se passait-il donc ?

Geneviève laissa retomber vivement les rideaux sur les vitres, estompant ainsi la lumière crue, puis elle revint auprès du lit et un étonnement douloureux se peignit sur sa physionomie mobile.

Le doux visage de la petite comtesse était aussi changé que sa voix.

Les teintes rosées de son épiderme transparent avaient fait place à cette pâleur singulière qui donne à la chair l'apparence de la cire.

Un cercle d'un bleu délicat entourait les paupières.

Les lèvres avaient pâli comme les joues. — Les prunelles étaient dilatées.

Dans le nimbe d'or de ses cheveux éparpillés autour de sa tête, Jeanne ressemblait à ces *vierges* peintes par Cimabué ou le Giotto, et dont le temps a terni les couleurs.

Pour rien au monde la femme de chambre n'aurait voulu causer d'inquiétude à sa jeune maîtresse.

Elle ne put cependant s'empêcher de lui demander :

— Est-ce que madame la comtesse est souffrante?

— Pourquoi cette question, bonne Geneviève? — fit Jeanne à son tour. — Je parais donc malade, ce matin?...

— Madame est plus pâle que de coutume...

— J'ai passé une mauvaise nuit... — Il était près de quatre heures quand je me suis endormie... c'est même pour cela que mon sommeil s'est prolongé si tard...

— Madame la comtesse connaît-elle les causes de son insomnie?...

— Je les connais, mais je ne me les explique pas... — Savez-vous ce que c'est que des hallucinations, Geneviève?...

— Non, madame...

— Je ne le savais pas non plus, et c'est à propos de vous que je l'ai appris... — dit Jeanne en souriant.

— A propos de moi!— répéta la femme de chambre stupéfaite.

— Oui, et voici de quelle façon : — C'était vers la fin de votre maladie... — Vous aviez fait une imprudence en voulant vous lever trop tôt, et vous veniez d'avoir une petite rechute... — Vous étiez étendue sur votre lit, fiévreuse, les yeux ouverts...— Vous ne vous aperceviez ni de ma présence ni de celle du docteur Giraud, mais vous croyiez voir en face de vous, contre la muraille, des figures que personne ne voyait et qui n'existaient pas... — Vos mains s'agitaient de temps en temps, comme pour repousser quelque chose qui vous faisait peur, et vous murmuriez à demi-voix des paroles sans suite auxquelles on ne pouvait rien comprendre... — Je demandai à M. Maxime : *Qu'est-ce qu'elle a donc, notre pauvre Geneviève ?* — Il me répondit : — *Elle a des hallucinations...*

— Mais, madame la comtesse, — fit Geneviève, — c'était le délire de la fièvre...

— Justement... — Ce délire, quand il prend certaines formes, se nomme hallucination...

— Et madame en a eu cette nuit ?...

— Oui...

— Madame avait donc la fièvre ?...

— Je le crois... — J'étais tantôt brûlante et tantôt glacée...

— Madame se souvient-elle de ce qu'elle a vu, ou plutôt de ce qu'elle a cru voir ?...

— Non... c'est indistinct... cela s'efface...— Je me souviens seulement que c'était très-triste, très-effrayant, et que je me sentais sous le coup d'un grand malheur... — L'impression était si douloureuse qu'une sueur froide me coulait le long des joues...—Touchez mes cheveux, bonne Geneviève... ils sont mouillés...

— Et maintenant, madame, cette impression ?...

— Disparue... envolée comme un rêve,— il n'en reste rien...

— Dieu soit loué !

A cette minute précise il se fit du bruit dans le cabinet de toilette, et Renée apparut, complétement vêtue.

— Comment, chère paresseuse, — s'écria-t-elle
riant, — encore au lit! Et notre promenade quot
dienne? — Par quel caprice ou par quel hasard, t
toujours levée avant l'aube, toi qui réveilles l
pinsons, fais-tu la grasse matinée?

Et Renée, tout en parlant, embrassait Jeanne q
répondit :

— Pardonne-moi, sœur chérie, ce n'est pas m
faute. — J'ai si mal dormi que j'ai dormi tard.

Renée reprit :

— A deux ou trois reprises, cette nuit j'ai entend
ta voix. — A qui parlais-tu?

— A personne.

— Comment?

— J'avais un peu de fièvre et je divaguais tout
seule.

— De la fièvre, mignonne!... Il fallait m'appeler..

— J'ai cru que Raoul était là, et sa présence possibl
rendait la mienne inconvenante... sans cela je m
serais empressée d'accourir...

— Es-tu bien sûre de n'être pas venue? — de
manda madame de Gordes.

— Comment, si j'en suis sûre?... — répéta la
jeune fille. — Quelle singulière question!...

— C'est que, — poursuivit Jeanne, — je crois me
souvenir... — A un certain moment il m'a semblé te
voir, immobile, en peignoir blanc, dans l'enca-

drement sombre formé par les montants de la
porte... — Tu me regardais... — Je voulais te
parler... j'ai fait un effort... je n'ai pas pu...

— Chère petite sœur, c'était un rêve...

— Oui, — reprit la comtesse, — ou plutôt une
hallucination comme les autres... Mais celle-là
ne s'est point effacée... Je crois te voir encore... —
L'expression de ton regard me poursuit... il était
étrange, ce regard... tes yeux ne se ressemblaient
plus...

Renée embrassa Jeanne de nouveau et murmura :

— Vision folle, enfantée par la fièvre...

— Sans doute, puisque tu n'as pas quitté ta
chambre... — dit la jeune femme avec candeur.

Et, s'adressant à Geneviève, elle continua :

— Maintenant il faut m'habiller tout de suite... —
M. de Gordes se figurerait que je suis malade s'il
me savait couchée à près de neuf heures du matin...

— Te sens-tu forte ? — fit Renée.

— Je dois l'être comme à l'ordinaire... — répliqua Jeanne en souriant. — Ce n'est pas une mauvaise nuit qui peut m'affaiblir... — Geneviève, donnez-moi mon peignoir...

La petite comtesse, assise sur le bord du lit, mit
ses jolis pieds de Cendrillon non dans des pantoufles
de verre, comme son homonyme, mais dans des mu-
les mignonnes de satin bleu brodées d'argent.

Elle voulut ensuite se tenir debout pour passer les manches du vêtement de cachemire blanc qu'une cordelière de soie bleue serrait à la taille, mais à sa grande surprise, et au grand effroi de Geneviève, elle chancela et il lui fallut se rasseoir.

En même temps augmentait cette pâleur mate dont nous avons parlé, et le cercle d'azur tracé sous les paupières s'accentuait.

— Jeanne, chère Jeanne,— balbutia Renée,— qu'y a-t-il? Est-ce que tu souffres?

Madame de Gordes ne répondit pas.

Son corps charmant fléchit et se renversa sur l'oreiller. — Ses yeux se fermèrent. — Elle venait de perdre connaissance.

Renée et Geneviève poussèrent un double cri et, sans s'attarder à d'inutiles paroles, luttèrent de zèle et de soins empressés pour ranimer Jeanne.

Tandis que l'une lui mouillait les tempes avec de l'eau fraîche, l'autre lui plaçait sous les narines un flacon de sels anglais...

Au bout de quelques minutes la jeune femme fit un léger mouvement, poussa un soupir, rouvrit les yeux et sourit.

La défaillance était passée.

— Sœur chérie,— murmura Renée en lui baisant les mains, dis-moi vite que cela va mieux...

Oui... beaucoup mieux...— répondit Jeanne d'une voix faible. — C'est singulier... tout à l'heure je me sentais mourir... et cependant je ne suis pas malade...

XIX

Une heure après cette crise la petite comtesse
reprit un peu de force; — il lui fut possible de s'habiller, de quitter sa chambre et de descendre au
salon où la trouva Raoul, qu'une visite à ses mé-
tairies avait éloigné du château depuis le point du
jour.

Jeanne n'était cependant remise qu'en apparence,
et le mal inconnu dont elle subissait les atteintes ne
lui devait accorder qu'une courte trêve.

Ce mal, en somme, ne paraissait pas assez grave
pour inspirer de sérieuses inquiétudes et, la semaine
suivante, M. de Gordes faisant à Lazarine une visite
à laquelle nous avons assisté, dépeignait d'une façon
très-claire et très-juste la situation de sa femme
adorée:

— La chère enfant, dont vous connaissez la nature
vaillante et l'infatigable vivacité,— disait-il,— est
prise tout à coup de faiblesse, comme une convalescente à la suite d'une longue maladie... — Son sommeil agité ne la repose point. — L'appétit lui fait
défaut... — Des frissons brusques succèdent à des
chaleurs soudaines, mais, grâce au ciel, elle souffre
à peine et son état est plutôt énervant que douloureux...

Les choses traînèrent ainsi pendant à peu près un
mois, avec des alternatives d'énergie reconquise et
d'abattement complet; — les forces diminuaient
insensiblement chaque jour; — les insomnies devenaient plus longues, et la répugnance pour toute
nourriture plus prononcée.

Jeanne ne se plaignait jamais, souriait toujours, et
son angélique caractère ne se démentait pas une
minute.

Elle pouvait marcher encore, appuyée au bras de
son mari et, quand après une chaude journée le soleil
baissait à l'horizon, elle faisait une promenade d'un
quart d'heure devant le château, parmi les gazons et
les fleurs, dilatant dans l'atmosphère tiède sa poitrine
qu'une étrange sensation de froid oppressait presque sans cesse.

Depuis une semaine on installait chaque soir un
lit de camp pour Geneviève dans le petit salon con-

tigu à la chambre à coucher, dont on laissait la porte
entr'ouverte.

Parfois, au milieu de la nuit, madame de Gordes se
réveillait avec une soif ardente.

Elle n'avait alors qu'à frapper sur un timbre mis à
portée de sa main; Geneviève accourait aussitôt,
prenait dans un rafraîchissoir une carafe, et présen-
tait à madame de Gordes un verre de limonade
glacée, seule boisson qui désaltérât la jeune malade.

Renée s'était, de toutes ses forces, opposée à cet
arrangement.

— Qu'est-il besoin d'une servante dans l'appartement de ma sœur? — avait-elle dit. — Suis-je
incapable de veiller seule sur ma bien-aimée
Jeanne?... — Craint-on de troubler mon sommeil,
et ne comprend-on pas combien ce sommeil est léger
et vite interrompu quand je sens près de moi la chère
enfant brisée par l'insomnie?...

— Tu succomberais à la fatigue, bonne Renée...
— avait répondu la petite comtesse, — je suis recon-
naissante de ton dévouement, mais je ne l'accepte
pas tout entier... — Geneviève aussi m'aime bien et
veut se dévouer... — Laisse-lui sa part...

Une nuit, — (deux heures du matin venaient de
sonner à l'horloge du château) — Jeanne poussa un
cri aigu; — le cri d'une femme qui voit levé sur elle
le couteau d'un assassin.

Geneviève réveillée en sursaut s'élança de son lit de camp et, pieds nus, bondit dans la chambre.

Renée, en chemise et les cheveux défaits, apparut presque en même temps.

La goutte de feu d'une veilleuse placée sous un globe d'albâtre répandait dans la vaste pièce une lueur indécise.

Les deux femmes coururent au lit.

Sous les lourds rideaux de brocatelle bleue Jeanne demi-nue se tenait accroupie, les yeux ouverts et fixes, le corps agité de tressaillements.

Elle ne criait plus, mais des plaintes sourdes s'échappaient de ses lèvres tremblantes.

Ses mains tendues en avant faisaient un geste, toujours le même. — On eût dit qu'elles s'efforçaient d'éloigner quelque chose d'effrayant...

Jeanne, à coup sûr, ne voyait point Re née et Geneviève penchées sur elle et ne soupçonnait même pas leur présence.

— Qu'as-tu, chère sœur ? — demanda Renée.

— Que vous est-il arrivé, madame ? — ajouta Geneviève.

En entendant ces voix madame de Gordes tressaillit, passa ses deux mains sur son front comme on fait au théâtre pour exprimer la folie naissante, et balbutia :

— Défendez-moi... sauvez-moi !...

11.

— Te défendre ? Contre qui, ma chérie ? — répéta vivement Renée. — Quel péril te menace ?

— Faites de la lumière... — reprit Jeanne, — faites de la lumière, au nom du ciel !... — ils auront peur et je serai sauvée...

— Sauvée de quoi, mignonne ? — poursuivit la seconde fille de Jules Leroux en attirant la tête de sa sœur sur sa poitrine, et en l'y pressant d'un geste tendre et rempli de caresses.

Au lieu de questionner, Geneviève obéissait.

En quelques secondes elle eut allumé les vingt bougies des touffes de lis d'or jaillissant de deux vases Louis XVI en bleu de Sèvres.

Une vive lumière inonda la chambre.

Jeanne dégagea doucement sa tête et promena autour d'elle un regard indécis et presque effaré.

L'expression de profonde terreur empreinte sur son visage disparut graduellement, mais le tremblement nerveux que nous avons signalé persista pendant quelques minutes encore.

La lumière devenait éblouissante...

Madame de Gordes poussa un long soupir, non de douleur mais de délivrance et, jetant ses bras autour du cou de Renée, elle appuya sa joue sur l'épaule nue de sa sœur.

— Ils sont partis... — dit-elle d'une voix très-lente et presque sans intonation, — et cependant ce n'était point un rêve... — J'avais les yeux ouverts quand vous êtes entrées, n'est-ce pas?...

— Oui, chère mignonne, ouverts et fixes... — répliqua Renée. —J'étais en face de toi, tout près de toi, et tu paraissais ne point me voir...

— Je n'avais de regards que pour eux...

— Eux?... — Encore une fois, qui donc?...

Jeanne s'absorba pendant quelques secondes dans une profonde rêverie, puis de sa même voix monotone elle reprit :

— Les hallucinations... toujours... — plus terribles encore... plus effrayantes. — Elles ont glacé mon sang... — Réchauffe-moi...

Renée de ses deux bras enveloppa sa sœur et la tint pressée contre elle, tandis que Geneviève jetait un châle des Indes sur les épaules frissonnantes de la jeune comtesse, dont les lèvres ébauchèrent un pâle sourire en murmurant :

— Je suis mieux... je suis bien... Je ne sens plus ce froid mortel qui faisait claquer mes dents... Si tu savais comme j'avais peur...

— Qui t'effrayait ainsi?

— La vision qui chaque nuit m'obsède et qui s'efface quand l'aube revient... — Mais cette fois rien n'a disparu... tout est distinct et je vais tout te dire...

— Oui, parle, ma chérie... parle vite... Dis-moi la

vision funeste, et nous chercherons ensemble les moyens d'éviter son retour...

Et Renée appuyait ses lèvres sur la chevelure humide de sa sœur.

Jeanne commença :

— Figure-toi qu'il faisait grand jour, et que je n'étais plus ni dans mon lit ni dans ma chambre, mais au fond du parc, assise sur ce banc rustique où je m'assieds souvent, au bord du lac peuplé de cygnes qui viennent jusqu'à mes pieds chercher des morceaux de brioche.... — Raoul penché vers moi tenait mes deux mains dans les siennes... Tu étais là... Notre père et Lazarine aussi... — Je n'avais jamais vu le ciel aussi pur et le soleil aussi brillant... — La surface du lac étincelait... On eût dit une plaque d'or... — Les oiseaux chantaient leurs plus belles chansons, comme pour me donner un concert... — Les fleurs exhalaient des parfums si doux que j'éprouvais une sorte d'ivresse en respirant l'air embaumé... Enfin je me sentais très-heureuse...

Jeanne s'interrompit.

— Rêve ou hallucination, le tableau était gracieux... — murmura Renée.

— Attends... — Tout à coup un épais brouillard, sans que rien eût fait prévoir son approche, monta comme un voile grisâtre et cacha le soleil. — Le ciel devint plus sombre qu'en décembre par un jour de neige... — Les oiseaux cessèrent de chanter... Il se fit un grand silence et j'entendis des cloches sonner l'une après l'autre, comme pour un office funèbre... Je demandai la cause de cette sonnerie lugubre... — Personne ne me répondit... — Je regardai autour de moi...— Vous étiez partis tous...— Je m'étonnai de votre abandon et je voulus retourner au château, car je commençais à ressentir une vague épouvante... — Il me fut impossible de marcher... — Mes membres n'avaient plus la force de supporter le poids de mon corps..., — Mes pieds me semblaient cloués au sol et je faisais pour les en dégager d'inutiles efforts...

» Tandis que je luttais en vain contre cette sorte de paralysie, je vis venir de mon côté un long cortége silencieux. -- Des hommes et des femmes, vêtus de noir de la tête aux pieds, entouraient un cercueil qu'on portait au cimetière et dont le son des cloches annonçait l'arrivée...

» Derrière ce cercueil marchait Raoul... — Il avait l'air désespéré ; de grosses larmes tombaient sans interruption de ses yeux et roulaient sur ses joues; je souffrais de le voir triste; je me disais : — *Qui donc est mort? Qui donc pleure-t-il ainsi?*

» En ce moment, et comme si la question que je n'adressais qu'à moi avait été prononcée tout haut, les porteurs s'arrêtèrent; les hommes et les femmes s'écartèrent; une main enleva le drap noir coupé d'une

croix blanche et disjoignit les planches du cercueil.
— Une curiosité dévorante me poussait, malgré ma
terreur, à jeter les yeux sur cette bière ouverte... —
Sais-tu ce que je vis, Renée ?...

La sœur de Jeanne secoua silencieusement la tête.

» — Celle qu'on portait au cimetière, — reprit madame de Gordes, — celle que la tombe attendait, celle que
pleurait Raoul avec tant d'amertume, entends-tu
Renée, c'était moi !... — Je me voyais étendue, raidie,
plus blanche que le blanc linceul dans lequel on
m'avait cousue, et je contemplais stupidement ce
cadavre qui était le mien...

— Ah! — murmura Geneviève, — c'est affreux...

— Attendez... — répéta la petite comtesse, — attendez... ce n'est rien encore!... — Muette, effarée, gre-
lottante d'effroi, je regardais toujours. — Je vis mon
image s'effacer, se fondre en quelque sorte, comme
une figure de cire au contact d'une fournaise... — Au
bout d'un instant tout avait disparu... — le cercueil
était vide...

» Alors tous les yeux se tournèrent vers moi, toutes
les mains étendues me désignèrent et j'entendis une
voix parler dans le silence.

» — Voyez donc, — disait cette voix, — la morte s'est
levée; elle a quitté sa bière et la voilà debout, sur le
bord de la route, comme s'il était permis aux morts
de regarder passer leur convoi!... — Nous ne devons

point souffrir cela ! — Le fossoyeur a creusé la terre;
les cloches ont sonné l'agonie; le prêtre a chanté le
de Profundis; tout est en règle; rendons la morte au
tombeau qui l'attend; couchons-la de nouveau dans
son suaire; refermons le cercueil et clouons-le si bien
cette fois qu'elle n'essaye plus de nous échapper... »

» La voix avait à peine fini que déjà je sentais des
mains froides se poser sur mes épaules et me saisir
par mes vêtements...

» Je poussai un cri d'horreur; je me dégageai de la
cohue noire qui grouillait autour de moi, et je pris la
fuite...

» Les gens du convoi s'élancèrent sur ma trace avec
une clameur sauvage... — Ce ne fut pas une poursuite,
ce fut une chasse... — Ils étaient la meute...J'étais le
gibier... — Je courais à perdre haleine, ne me laissant
arrêter ou détourner par aucun obstacle, allant droit
devant moi, franchissant tout comme si j'avais eu des
ailes.

» Par moments je me retournais, croyant avoir
distancé mes persécuteurs... — Mais non ! La meute
humaine était là, derrière moi... — Je ne gagnais
pas un pouce sur elle... et la fatigue venait...

» Brusquement je fus entourée...

» — Au cercueil, la morte!... au cercueil!...— criè-
rent les gens vêtus de noir qui voulaient me jeter

vivante dans cette même bière où j'avais vu mon cadavre raidi...

» Je luttai de mon mieux... Je fis pour repousser mes bourreaux de terribles efforts... J'allais être vaincue... Je l'étais déjà, quand vous êtes entrées dans ma chambre... — Rêve ou hallucination votre présence a tout dissipé, et le feu des bougies a chassé les fantômes...

» Que signifie cela, Renée?... Comprends-tu, dis-moi, ma sœur? — Est-ce un présage funeste? — Qui donc peut me haïr? — Qui donc veut que je meure, et d'avance fait creuser ma tombe? »

XX

— Chère petite sœur, — répondit Renée en embrassant Jeanne de nouveau, — je comprends tes angoisses, car ce rêve ou cette hallucination — (appelons-le comme tu voudras) — était assurément de nature à glacer d'effroi les cœurs les plus intrépides... mais il ne faut point t'en préoccuper outre mesure... — Tu sais bien que les fugitives visions de la nuit ne renferment ni avertissements, ni présages...

La comtesse secoua la tête.

— Non, je ne sais pas cela... — fit-elle. — Peut-être suis-je superstitieuse parce que je deviens faible, mais j'ajoute foi à ces visions que Dieu envoie quand l'âme est isolée du corps, et je les regarde comme de mystérieux avis qu'il ne faut point dédaigner...

Renée haussa les épaules en répliquant :

— Allons, c'est de la folie, ou plutôt c'est de la faiblesse... — On n'explique ni les rêves, ni les cauche-
mars, ni les autres fantasmagories nocturnes, ou du
moins on ne les explique que par la fièvre qui les
fait naître...

— Tu dois avoir raison... — reprit Jeanne. — Mais
cette hallucination terrible... j'ai beau faire... je ne
puis me persuader qu'elle n'offre aucun sens prophé-
tique...

— Et pourtant c'est ainsi...

— Oublies-tu qu'on a vu plus d'une fois des songes
se réaliser ? Les livres saints eux-mêmes en fournis-
sent des exemples nombreux.

— Exemples qui ne prouvent rien... —Même dans
les cas les plus frappants, il ne s'agit que d'une
simple coïncidence, et le hasard seul la fait naître...

— Renée... — fit Jeanne en joignant les mains, —
tu blasphèmes !... — les livres saints affirment !...

— Et moi, je doute... — Que veux-tu, ma chérie,
je ne suis pas crédule...

Geneviève écoutait avidement les paroles échangées
entre Jeanne et sa sœur, mais les arguments de Renée
glissaient sur elle sans la convaincre.

Ne pouvant se mêler à l'entretien, ne pouvant
discuter surtout, elle gardait le silence et se disait
tout bas, dans sa superstition naïve :

— Mademoiselle Renée ne veut pas croire aux

rêves... Elle a tort! — J'y crois, moi... Les rêves n'ont jamais menti... C'est le bon Dieu qui les envoie... — Pauvre chère maîtresse, si belle, si bonne et si douce, un malheur la menace... — Lequel? — Elle est au bord d'un précipice, je le sens... — Un danger plane sur elle... — D'où viendra ce malheur, et de qui viendra ce danger?... — Il faudra bien que je le sache...

La petite comtesse épuisée de fatigue, et rassurée d'ailleurs par la présence dans sa chambre de Renée et de Geneviève, posa la tête sur l'oreiller et s'endormit presque aussitôt d'un sommeil de plomb qui dura jusqu'à neuf heures du matin.

Elle voulut alors se lever comme de coutume, afin de paraître au déjeuner et de ne point effrayer Raoul.

Mais ce jour-là ses forces la trahirent absolument. — Il lui fut impossible de se tenir debout, et il fallut prévenir M. de Gordes de ce qui se passait.

Il accourut aussitôt, très-inquiet, et il frissonna à la vue des empreintes laissées sur le visage de Jeanne par la crise de la nuit précédente.

Ce doux visage était celui d'une jeune martyre.

Raoul fit taire ses angoisses et cacha sa terreur dont la comtesse aurait fatalement reçu le contre-coup.

Il interrogea, il voulut savoir, et malgré les réponses évasives de Jeanne et les réticences de Renée, il parvint à connaître les détails que jusqu'à cette heure on avait pu lui dissimuler, du moins en partie.

Geneviève surtout ne lui cacha rien.

— Chère sœur, — dit-il alors tout bas à Renée, — laissez-moi seul un moment avec Jeanne, je vous en prie. — Je veux obtenir d'elle quelque chose.

Renée sortit de la chambre et Geneviève la suivit.

Raoul s'était assis près du lit. — La comtesse, à demi-cachée sous le voile de ses cheveux blonds épars, lui souriait.

Il prit ses deux petites mains, un peu amaigries déjà, et il les appuya contre ses lèvres puis, souriant à son tour pour empêcher ses larmes de couler, il murmura :

— Mon enfant chérie, veux-tu me faire beaucoup de peine? Veux-tu me causer un chagrin profond?

— Ah ! — s'écria Jeanne, — que Dieu m'en garde !...

— Alors ne t'obstine pas plus longtemps dans le caprice insensé auquel j'ai eu le tort d'obéir. — Permets-moi de t'amener un médecin...

— Tu trouves donc que je suis bien malade?... — demanda Jeanne vivement.

— Non, certes !

— Eh bien ?...

— Non, tu ne l'es pas, — reprit Raoul, — mais tu peux le devenir... — Ces insomnies, ces hallucinations, cette faiblesse, résultent d'un état fiévreux anormal, auquel il faut remédier sans retard car il pourrait, en se prolongeant, amener à sa suite de graves désordres...

— S'il le faut absolument pour vous rassurer, mon seigneur et maître, — répliqua la comtesse, — que votre volonté soit faite... Amenez un médecin, j'y consens, à une condition...

— Laquelle ?

— Toujours la même, c'est que ce médecin sera le docteur Maxime Giraud...

Le comte fronça les sourcils.

— Mignonne, — fit-il, — oublies-tu donc que le docteur Giraud a refusé très-nettement de venir au château de Gordes ?

— Je n'oublie rien...—Maxime a décliné tes offres, convaincu que ses soins me seraient inutiles (et à cette époque il avait raison), mais si tu vas lui dire aujourd'hui : — *Madame de Gordes a besoin de vous!* — le docteur Giraud, j'en suis sûre, te répondra : — *J'y vais!* — Ton amour-propre, blessé par un refus, souffrira peut-être de cette démarche... C'est un sacrifice que j'attends de toi... Fais-le sans hésiter, cher Raoul...

Le comte était déjà debout.

— Je pars, — dit-il simplement.

— Où vas-tu ?

— A Rancey.

— Aujourd'hui? — s'écria Jeanne avec une sorte d'effroi. — Pourquoi si vite? Ne peux-tu remettre à demain?

— Je ne remettrai pas d'une minute! Il faut enrayer au plus vite ce mal qu'on ne combattait point. — Si tes prévisions se réalisent, je serai de retour dans trois heures avec Maxime Giraud...

Raoul embrassa la comtesse, appela Geneviève et quitta la chambre.

Sans même s'asseoir à table il prit rapidement quelque nourriture, tandis qu'on attelait les deux plus vifs trotteurs de ses écuries à son phaéton le plus léger.

Au bout de dix minutes on le prévint que tout était prêt.

Il mit son chapeau, ses gants, et sortit.

Renée se trouvait sur le perron, *par hasard*.

— Où donc allez-vous, mon frère? — demanda-t-elle.

— Chercher un médecin pour notre chère Jeanne, petite sœur... — répondit-il.

— A Orléans?

— Non, à Rancey.

— Mais c'est un village, je crois, Rancey?...

— Oui, c'est un village...

— Il y a donc un médecin dans ce village?...

— Oui, le docteur Giraud, en qui Jeanne a toute
confiance...

— Allez, mon frère, et revenez vite, en nous
amenant la guérison...

Le comte monta en voiture, rassembla les guides,
rendit la main, et ses chevaux prirent un train de six
lieues à l'heure.

René suivit du regard le phaéton.

Quand il eut dépassé la grille du parc elle hocha
la tête, fit une moue significative et murmura :

— Un médecin de campagne!... il ne sera pas dangereux...

Au bout d'une heure moins quelques minutes
Raoul, ayant parcouru la distance qui sépare Gordes
de Rancey, arrêtait ses steppers tout blancs d'écume
devant la maison du docteur, descendait du phaéton
et sonnait à la porte.

La petite servante vint ouvrir.

— Monsieur le docteur rentre à l'instant... — dit-
elle, — je vas vous conduire à son cabinet.

En reconnaissant le visiteur, Maxime tressaillit.

— M. de Gordes !... — s'écria-t-il.

— Oui, monsieur, — répondit Raoul, — et ma visite vous étonne, n'est-ce pas ?

— Elle me fait peur...

— Lorsque je suis venu jadis, — poursuivit le
comte, — c'était pour vous adresser une proposition

que vous n'avez pas cru devoir accepter mais, au moment où je me retirais, vous m'avez dit : — *Si, ce qu'à Dieu ne plaise, madame la comtesss se trouvait souffrante un jour... souffrante assez gravement pour vous inspirer quelque inquiétude, faites-moi prévenir... — Au premier appel, je viendrais...* — Ce sont là, je crois, vos propres paroles...

— Et, — fit Maxime d'une voix agitée, — madame de Gordes est souffrante?...

— Sans cela, serais-je ici?

Le docteur pâlit.

— Quelle est la maladie? — demanda-t-il

— Je l'ignore...

— Au moins, quels symptômes?

Raoul dit tout ce qu'il savait.

— Que pense le médecin habituel de madame la comtesse? — reprit Maxime.

— Madame de Gordes n'a voulu voir aucun médecin... — Elle n'a confiance qu'en vous... — Votre inexplicable refus de venir au château l'a blessée douloureusement, je dois en convenir, mais n'a point altéré sa foi... — Elle vous appelle... — Elle vous attend...

— Pouvez-vous m'emmener?

— Oui.

— Partons...

Maxime sonna.

— Prévenez ma mère, — dit-il à la petite servante, — je voudrais la voir...

Madame Giraud accourut.

— M. le comte de Gordes, ma mère... — continua le docteur. — Madame la comtesse est souffrante et me fait l'honneur de m'appeler... — j'accompagne M. de Gordes...

— Reviendras-tu ce soir, mon enfant?...

— Je l'espère et je le désire, car alors la maladie me semblera sans gravité réelle, mais je ne puis rien affirmer...

— Va, mon enfant, et dis à madame de Gordes que la profonde affection qu'elle m'inspirait est toujours la même, et que je vais prier pour elle de tout mon cœur, de toute mon âme...

Maxime embrassa sa mère, — que Raoul salua respectueusement, — et les deux hommes prirent place dans le phaéton.

Pendant le trajet effectué avec une extrême rapidité par les steppers infatigables, il ne fut échangé entre le comte et le docteur qu'un bien petit nombre de paroles, toutes relatives à l'état de madame de Gordes.

On arriva.

Renée, prévenue par le bruit de la voiture, se trouvait sur le perron au moment du retour comme au moment du départ.

Elle enveloppa Maxime d'un long regard investigateur.

— Comment va Jeanne? — demanda vivement Raoul.

— Mieux, je crois... Elle est au salon.

— Au salon ! — répéta le comte avec stupeur.

— Oui... c'est une imprudence, je le sais bien... mais le moyen de l'empêcher? — Jeanne a voulu descendre... il a fallu porter la pauvre chérie et l'étendre sur une chaise longue... — En entendant les chevaux, elle m'a demandé si le docteur était avec vous... — J'ai répondu affirmativement... Elle a poussé un cri de joie...

— Docteur, — fit le comte, — venez vite. — Votre présence suffira peut-être pour guérir ma bien-aimée malade...

— Dieu le veuille! — répondit Maxime en suivant M. de Gordes.

XXI

Pour la première fois peut-être depuis qu'elle était au monde, Jeanne avait résolu ce jour-là d'agir absolument à sa guise, sans tenir compte de la volonté d'autrui.

Les instances de Renée la suppliant de rester couchée, ou tout au moins de ne point quitter sa chambre, s'étaient heurtées contre une décision inébranlable.

Et, non contente de descendre au salon, la petite comtesse voulut donner à sa toilette de malade des soins particuliers.

— A quoi bon tout cela, chère sœur? — lui demanda Renée. — Pourquoi cette inutile fatigue?...

Jeanne répondit en souriant :

— Tu sais que je suis peu coquette, mais le docteur Maxime ne m'a pas vue depuis mon mariage...

— Eh bien ?

—- Eh bien ! il ne faut pas que madame de Gordes fasse peur à l'ami de Jeanne Leroux... J'ai de l'amour-propre pour Raoul...

Quand le comte et Maxime entrèrent au salon, la jeune malade, nous l'avons dit, était étendue sur une chaise longue près de la fenêtre ouverte.

Son admirable chevelure blonde, relevée très-haut et formant une torsade épaisse fixée au sommet de la tête, couronnait son visage pâle et charmant.

Une ceinture de soie serrait autour de sa taille mince le peignoir de cachemire bleu céleste qui, l'enveloppant tout entière, ne laissait voir que l'extrémité de ses petites pantoufles de la même couleur que le peignoir.

Ainsi vêtue, avec sa douce figure un peu amaigrie, Jeanne paraissait avoir quinze ans à peine et semblait une enfant vouée au bleu.

Une lueur joyeuse passa dans ses yeux agrandis au moment où Maxime franchissait le seuil avec M. de Gordes.

— Cher docteur, — s'écria-t-elle, — c'est vous !...
— J'étais bien sûre que Raoul vous ramènerait... mais pour vous décider à venir il a fallu que je sois souffrante, et c'est mal... c'est très-mal... — Enfin vous êtes venu et je vous pardonne de tout mon

cœur... — Votre bonne mère va bien, j'espère?

En même temps elle tendait ses mains fluettes, l'une à son mari, l'autre au médecin.

De quelle façon exprimer ce que Maxime éprouvait en ce moment?

Il est des sensations d'une telle puissance, d'une intensité si prodigieuse, qu'on ne saurait que les amoindrir en les analysant.

Le jeune homme, remué jusque dans les profondeurs de son être en face de celle pour qui son admiration muette et son respect immense faisaient de son âme un temple et de son cœur un autel, marchait comme on marche dans les rêves et perdait la faculté de penser.

Il était plus pâle que Jeanne et ce fut à peu près sans en avoir conscience qu'il prit d'une main tremblante la main tendue vers lui.

Une sorte de brouillard s'étendait devant ses yeux; il voyait à peine; il ne sentait pas son corps...

Heureusement la notion du devoir survivait à tout dans cette nature vigoureusement trempée, qui pouvait bien subir une défaillance mais qui se relevait aussitôt.

Jeanne se trouvait peut-être en péril...

Il fallait combattre le mal et, si grave qu'il fût, il fallait le vaincre...

Le médecin seul était à sa place au château de

12.

Gordes... L'homme ardemment épris n'en aurait jamais franchi le seuil...

Maxime se dit ces choses, et le devoir chassa brusquement la prostration dont l'amour était cause.

Redevenu maître de lui-même, Maxime un moment abattu se redressa dans toute la plénitude de sa force et de son énergie...

Le brouillard étendu devant ses yeux s'était dissipé;
— Il regarda... Il vit... et son cœur se contracta sous l'étreinte de la plus poignante douleur qu'il lui fût possible de ressentir...

C'est qu'un coup d'œil jeté sur l'enfant qui souriait et semblait attendre des paroles amies et rassurantes, lui montrait un abîme...

Il ne s'agissait point, hélas! d'une de ces indispositions passagères dont quelques soins triomphent sans peine...

Madame de Gordes était en danger.

Un mal étrange, effrayant, indéfinissable, attaquait dans ses sources mêmes cette jeune existence si forte et si vaillante...

Maxime se disait en frissonnant :

— Je suis venu bien tard! — Je suis peut-être venu trop tard! — Si elle meurt, je l'aurai tuée! — Il fallait imposer silence à mon amour, m'immoler moi-même et veiller sur elle... — Le mal combattu dès le principe aurait disparu depuis longtemps... — Je l'aurais peut-être empêché de naître... — J'ai été égoïste et lâche ! — Pour m'éviter une souffrance j'ai commis un crime ! — Eh bien ! si je ne puis la sauver, je la suivrai du moins...

Et il ajoutait :

— Mais, Dieu aidant, je la sauverai...

— Cher docteur, — demanda Jeanne un peu étonnée et presque inquiète du silence du médecin, — est-ce que vous me trouvez bien malade ?...

Maxime eut un nouveau frisson. — Venait-il donc d'être trahi par l'expression de son visage ? — C'eût été un irréparable malheur, car il fallait avant tout cacher à Jeanne la gravité de son état.

Un sujet qui *se frappe* est doublement difficile à guérir, l'angoisse morale exerçant sur l'état physique une influence directe et funeste.

Maxime imposa le calme à sa physionomie et répondit :

— Non, madame la comtesse, grâce au ciel je ne vous trouve pas bien malade...Vous n'avez que très-peu de fièvre et j'espère qu'il suffira d'un petit nombre de jours pour vous rendre à ceux dont vous êtes le bon ange ici, comme vous l'étiez aux Vertes-Feuilles...

— J'accepte le compliment, cher docteur, — fit Jeanne en souriant, — et j'accepte l'augure aussi, car, vous le savez, je suis très-active... et puis ça

cause tant de chagrin à Raoul et à Renée de me voir
souffrante, et à la bonne Geneviève... —

— Geneviève... — répéta Maxime.

— Notre Geneviève, — reprit madame de Gordes. —
Vous la connaissez bien... La chère créature vous
doit la santé... — C'est au chevet du lit où elle souffrait, où sans vous elle allait mourir, que nous nous
sommes rencontrés pour la première fois...

— Et Geneviève est ici?

— Oui, docteur... J'ai tenu à l'attacher à mon service... Elle est ma première femme de chambre... —
Tout à l'heure vous la verrez... — Je ne veux pas la
priver de la joie, immense pour elle, de vous témoigner sa reconnaissance.

— Moi aussi je serai heureux de la voir... c'est
une digne femme... Mais occupons-nous de vous,
madame... — J'ai besoin de remonter aux débuts de
votre indisposition et, malgré ma crainte de vous
causer quelque fatigue en vous faisant parler trop
longuement, je vous prie de me renseigner... — Dites-
moi bien tout... — N'omettez rien... — Certains détails
qui vous paraissent insignifiants peuvent avoir leur
importance aux yeux du médecin...

Jeanne raconta d'une façon simple et rapide ce que
nous avons raconté nous-même.

— Cela vous suffit-il, cher docteur? — demanda-t-
elle avec un nouveau sourire quand elle eut achevé.

— Oui, madame la comtesse, parfaitement...

— Alors, vous pouvez me dire ce que j'ai...

— Très bien...

— Dites-le donc vite... — Je suis curieuse de savoir le nom de mon mal...

— Vous avez une légère atteinte de névrose...

— Qu'est-ce que la névrose?...

— Une affection du système nerveux.

— Et vous me guérirez ?...

— Dans le plus bref délai, j'y compte bien... — Et en attendant la guérison complète, je vous soulagerai tout de suite...

— Comment?

— En supprimant dès ce soir les insomnies fièvreuses qui sont la conséquence de votre malaise, et qui l'aggravent... Les hallucinations disparaîtront en même temps...

— Ah ! — s'écria Jeanne, — quel bonhe ur !— Ces insomnies étaient un supplice... — Par quel moyen les combattrez-vous ?

— Une potion bien simple suffira... — Existe-t-il une pharmacie au château ?

— Oui, docteur, et très-complète... — fit M. de Gordes.

— J'y trouverai certainement ce qui m'est nécessaire... — Voulez-vous, monsieur le comte, donner l'ordre de m'y conduire...

— Je vous y conduirai moi-même, — répliqua Raoul
en se levant.

— Vous reviendrez bientôt?... — demanda Jeanne
vivement.

— Avant un quart d'heure nous serons ici, madame...

— Allez donc... — Mais docteur, en arrivant, vous
avez laissé sans réponse ma question relative à madame votre mère... Donnez-moi les nouvelles que je
vous demandais...

— Ma mère va bien, madame, et voici les paroles
dont elle m'a chargé pour vous : — *Dis à madame de
Gordes que la profonde affection qu'elle m'inspire est
toujours la même, et que je vais prier pour elle... prier de
toute mon âme...*

— Chère madame Giraud! — s'écria la petite comtesse en joignant les mains avec émotion, — ah! je
l'aime bien aussi, moi!... — Vous souvenez-vous,
monsieur Maxime, d'un goûter que j'ai fait chez
vous?... — Comme elle était bonne, la brioche!... et
la crème, et les fruits!... et les belles roses que vous
m'avez données au moment de mon départ... — Vous
voyez, je n'ai rien oublié...

Hélas! — Maxime non plus n'avait rien oublié...

Ces souvenirs lui faisaient un mal affreux. — Il sentait que les larmes allaient jaillir de ses yeux malgré lui.

— Je suis à vos ordres, monsieur le comte... — dit-il en se dirigeant vers la porte du salon pour couper court à l'entretien.

Raoul le suivit.

— Revenez vite... — répéta Jeanne tandis que les deux hommes sortaient.

La pharmacie du château de Gordes, — comme celles de la plupart des grandes habitations seigneuriales — (ce qui équivaut à dire charitables) — était en effet très-bien pourvue.

Les nombreux rayons d'une petite pièce spéciale, voisine de l'office, se trouvaient couverts de flacons et de bocaux.

Ces récipients soigneusement étiquetés renfermaient des drogues et des médicament de toutes sortes que Jeanne distribuait elle-même aux pauvres des environs, lorsqu'ils se présentaient avec une ordonnance du médecin.

De petites balances, deux ou trois mortiers et quelques autres objets nécessaires pour des manipulations peu compliquées, chargeaient une table placée au milieu de la chambre.

— Docteur, — fit Raoul en refermant la porte de la pharmacie derrière Maxime et derrière lui, — nous voici seuls... parlez-moi franchement... Avez-vous dit la vérité tout à l'heure à madame de Gordes ?

Maxime secoua la tête.

— Non, monsieur le comte,— répondit-il.

Raoul devint pâle comme un homme qui reçoit un coup de couteau.

— Mon Dieu, — s'écria-t-il, — le mal est donc grave?

— Il est grave.

— Mais non pas sans remède, cependant?

— Non pas sans remède, je l'espère... et j'ose presque dire que j'y compte.

— Je croyais qu'une névrose n'offrait jamais de péril sérieux...

— Il ne s'agit point d'une névrose.

— Mais, — balbutia Raoul, — vous avez dit...

— Il fallait un nom vraisemblable... — interrompit Maxime,— j'ai pris celui-là...

— Quelle est donc la maladie de madame de Gordes?...

— L'étrangeté de ma réponse vous prouvera sa sincérité... — Quelle est la maladie de madame de Gordes, demandez-vous?... — JE NE SAIS PAS!...

XXII

— Vous ne savez pas ? — répéta Raoul avec stupeur.

— Non...

— Mais c'est impossible !...

— Non, malheureusement, ce n'est point impossible... — répliqua Maxime Giraud. — La profession
à laquelle j'ai voué ma vie me semble belle et grande
entre toutes, mais à la condition d'être exempte absolument de charlatanisme... — Eh bien, au risque de
vous inspirer une piètre estime pour mon humble
savoir, je vous dis franchement que tout me paraît
inexplicable dans l'état de madame de Gordes... —
Je connaissais mademoiselle Jeanne avant son mariage, vous le savez, et j'admirais la santé florissante,
la surabondante vitalité de cette jeune fille. — Elle
n'a jamais souffert, ni au physique ni au moral...

Rien n'a donc pu la prédisposer à ce mal bizarre
auquel j'ai donné le nom de névrose, mais qui n'est
pas une névrose quoique le système nerveux y joue
certainement un rôle très-actif... — Je suis en face
d'une énigme. — L'obscurité la plus épaisse enveloppe pour moi la cause du mal et l'origine des crises
nocturnes qui conduisent madame de Gordes à un
affaiblissement dont je m'épouvante...

— Mais que vous combattrez... — interrompit le
comte.

— Oui, certes, je le combattrai... Mais il faut voir
l'ennemi en face pour avoir chance de le vaincre, et
dans le cas présent je suis forcé d'agir à tâtons,
comme un aveugle...

— Faites la lumière !

— Oh ! soyez tranquille !... — Tout ce que peuvent
inspirer le bon vouloir sans bornes et l'absolu dévouement, je le ferai... — Je trouverai le mot de l'énigme !
— Je forcerai le sphinx à livrer son secret...

— Comment?

— Par le travail... par la recherche... par l'é-
tude...

— Songez que le temps presse !

— Je vous affirme sur l'honneur que le danger, s'il
existe, — ce dont je voudrais douter encore, — n'est
point immédiat... — Croyez d'ailleurs que je ne per-
drai pas une minute. — Ma bibliothèque, sans être

riche, renferme cependant les ouvrages principaux des grands maîtres de la science. — C'est à la réflexion, mais c'est surtout aux travaux immenses de ces bienfaiteurs de l'humanité souffrante que je vais demander la solution du problème qui confond en ce moment mon intelligence. — Ces géants ont tout observé, tout noté, tout décrit. — Interrogés pieusement par le plus humble, mais aussi par le plus fervent de leurs disciples, ils ne refuseront pas la réponse attendue.

— Que Dieu le permette !

— Il le permettra... — Je ne ressemble point à ceux de mes confrères que l'étude conduit au matérialisme... — Sans me permettre de les blâmer, je ne les imite pas... — J'ai la foi... — Madame de Gordes est un ange, et Dieu ne voudra pas la ravir à la terre où elle passe en faisant le bien... — Dans une heure vous me ferez reconduire à Rancey... — Je travaillerai toute la nuit, et demain, quand je reviendrai, j'aurai trouvé peut-être...

—Vous aurez trouvé certainement !— s'écria Raoul à qui Maxime Giraud, malgré la franchise de son aveu ou peut-être à cause de cette franchise, inspirait maintenant comme à Jeanne une confiance quasi-superstitieuse. — Mais, — continua-t-il, — vous avez promis à madame de Gordes un soulagement immédiat...

— J'ai promis que la nuit prochaine serait tranquille... et je tiendrai parole.

Le docteur fit le tour de la pharmacie, en jetant un coup d'œil sur les étiquettes des bocaux et des flacons.

— Je vois ici, — continua-t-il, — tout ce qui m'est nécessaire pour préparer une potion calmante dont l'effet est certain.

— Madame de Gordes dormira?

— Oui, d'un profond sommeil, et ce sommeil lui rendra une partie de ses forces épuisées par les insomnies.

— Ce sera un grand pas fait vers la guérison?... — murmura le comte.

Maxime secoua la tête.

— Non, — dit-il, — ce sommeil factice, obtenu par l'emploi de narcotiques, ne donnerait à la longue que des résultats douteux et peut-être compromettants... — C'est à l'aide de moyens directs qu'il faut attaquer le mal dans sa source même... et c'est demain seulement, si mes recherches ont abouti, que je pourrai vraiment agir...

Tout en parlant, le docteur avait commencé la manipulation des drogues dont la réunion devait constituer le bienfaisant breuvage.

Il s'interrompit.

— Vous faut-il quelque chose? — demanda Raoul.

— Oui. — J'aurais besoin d'eau, et aussi de l'aide d'une personne de service...

— Je vais appeler une femme de chambre...

M. de Gordes ouvrit la porte de la pharmacie et reprit :

— Justement, voici Geneviève...

Geneviève se trouvait en effet dans la pièce voisine, n'osant frapper mais attendant avec une impatience fiévreuse le moment d'exprimer cette gratitude qui débordait en elle, aussi bien pour le docteur que pour la comtesse.

Elle le fit en quelques phrases émues, dès que le comte l'eut appelée, et Maxime eut beaucoup de peine à l'empêcher de lui baiser les mains.

Une fois soulagée par l'effusion de sa reconnaissance, elle reprit :

— Et madame la comtesse, ma chère maîtresse, elle n'est point gravement malade, n'est-ce pas, monsieur le docteur ?...

— Non, bonne Geneviève, — répondit le jeune homme, —mais pendant quelque temps madame de Gordes aura besoin de soins réguliers... — Il faudra par exemple lui donner des cuillerées de potion, à des intervalles fixes, avec une régularité mathématique... — Je suis heureux de vous savoir auprès d'elle, car j'ai la ferme croyance qu'on peut compter absolument sur vous...

— Oh! oui, on le peut, monsieur le docteur! — répliqua Geneviève avec simplicité. — S'il faut passer toutes les nuits près de madame, sans fermer les yeux, me voilà... Et tout ce que je ferai pour madame sera trop peu de chose... — Je voudrais mourir pour elle ?

— Comme on l'aime! — pensa Maxime, sentant bien que Geneviève était profondément sincère dans l'expression, même exaltée, de son immense dévouement. — Moi aussi, Dieu le sait, je voudrais mourir pour elle!... Est ce que je pourrais vivre si elle était morte?...

Un quart d'heure plus tard il rentrait au salon avec le comte.

— Eh bien! cher docteur, — demanda Jeanne gaiement, — m'apportez-vous ce fameux breuvage qui me fera dormir d'un sommeil de bébé dès que ma tête aura touché l'oreiller, et me préservera de tout songe ennuyeux?...

— Le voici, madame... — dit le médecin en montrant à la petite comtesse un flacon de dimension moyenne rempli d'un liquide de couleur brune et sans transparence. — Je vous préviens que c'est très-amer.

— Ah! ça m'est bien égal pourvu que l'effet attendu se produise, et je sais qu'il se produira... — Vous connaissez ma confiance en vous, monsieur

Maxime... — J'accepterais du poison de votre main,
— ajouta-t-elle en riant, — et le poison me guéri-
rait...

— Quel enthousiasme! — fit Renée.

— Ce n'est pas de l'enthousiasme, chère sœur, c'est
de la foi! j'ai vu le docteur à l'œuvre... Un miracle ne
lui coûte rien... — Dès qu'il entre chez un malade, le
malade est sauvé...

Renée reprit :

— Monsieur Maxime Giraud, dans ce cas, a vraiment des visées trop modestes!... — Que fait-il en
province? — Il serait vite millionnaire à Paris!...

Le docteur, sans répondre, regarda la jeune fille et
pensa :

— On croirait que mademoiselle Leroux m'est hos-
tile... — Pourquoi donc?

Jeanne s'écria :

— Millionnaire! — à quoi bon? — il n'y tient
guère! — Un millionnaire ne peut donner que son
argent... — Le docteur est bien plus riche... il donne
la santé et la vie! — Monsieur Maxime, comment ça
se prend-il, la potion?

— A partir de huit heures du soir, — répliqua
Maxime, — vous en prendrez dix gouttes dans une
cuillerée à café tous les quarts d'heure, jusqu'au
moment où vous sentirez votre tête s'alourdir et vos
yeux se fermer...— Je recommande une grande exac_

titude... — Tous les quarts d'heure régulièrement;
pas une minute plus tôt, pas une minute plus tard...

— Soyez tranquille, docteur,—fit Renée,—je m'en
charge... — C'est moi qui compterai et verserai les
gouttes.

— Geneviève a mes instructions, mademoiselle,—
continua le médecin, — et pourrait vous suppléer en
cas de fatigue...

— Je ne suis jamais fatiguée, monsieur, quand il
s'agit de servir ma sœur.

Un valet de chambre vint annoncer qu'une voiture
attendait le docteur.

— Quoi ! — s'écria Jeanne, — vous partez?...

— A l'instant, madame la comtesse.

— Pourquoi ne dînez-vous pas ici ?... — J'avais
compté qu'on me porterait dans la salle à manger et
que nous pourrions causer longtemps... — J'ai tant
de choses à vous demander au sujet de mes anciens
protégés des Vertes-Feuilles, qui sont toujours les
vôtres...

— Aujourd'hui c'est impossible... — M. le comte
vous dira qu'il faut que je parte... — J'ai beaucoup à
travailler ce soir, en vue de votre prochaine guérison...

— C'est absolument vrai... — fit Raoul.

— Allez donc !... mais au moins vous reviendrez
bientôt?

— Demain, madame la comtesse... — J'aurai des nouvelles de la nuit et je pourrai vous tracer un régime...

— Alors, à demain, docteur... — Embrassez pour moi madame votre mère... Embrassez-la bien fort et bien tendrement, comme je l'aime...

— Merci pour elle, madame... merci de toute mon âme...

Maxime pressa la main de Jeanne, salua Renée et sortit, reconduit jusqu'à la voiture par M. de Gordes.

Une heure après son départ Jeanne se sentit très-faible. — Ce n'était point un malaise caractérisé, mais un grand abattement, une sorte de prostration générale.

— Chère mignonne, — murmura Renée en se penchant vers elle et en l'embrassant, — je t'avais prévenue que tu faisais une imprudence en quittant ta chambre...

— Soit! mais cette imprudence, je ne la regrette pas... — D'ailleurs la potion du docteur me remettra bien vite.

— Veux-tu remonter?

— Oui... — Il me semble que je serai bien dans mon lit. — Songe donc à la nuit calme que je vais passer... Point de fièvre... — point de réveil soudain.

13.

— Ni rêves bizarres, ni fantasmagories... — Rien que
le sommeil... le bon sommeil...

Renée appela.

Geneviève et la seconde femme de chambre soule-
vèrent la comtesse, — gracieux et léger fardeau, —
et la portèrent au premier étage.

En un instant elle fut dévêtue et couchée.

— Comment te trouves-tu? — demanda Renée.

— Comme un petit oiseau dans son nid!... — Je
vais beaucoup mieux... — J'ai faim, et le docteur
ne m'a point ordonné la diète!... quel bonheur!...

Jeanne prit quelques cuillerées de bouillon, mangea
le tiers d'un blanc de poulet, but un doigt de vin de
Bordeaux et se trouva rassasiée.

Le petit oiseau dont elle venait de parler aurait
mangé presqu'autant qu'elle.

Renée quitta la chambre où Geneviève reçut la
consigne de la remplacer auprès du lit de madame de
Gordes.

Elle s'assura que Raoul était aux écuries où il
donnait des ordres, et par l'escalier dérobé de son
appartement elle descendit au jardin d'hiver et s'approcha d'un euphorbe d'Abyssinie gigantesque.

Une incision légère avait été faite la veille dans
une tige de ce cierge épineux, et de cette incision
s'échappaient quelques gouttes de liquide.

Renée tira de sa poche un canif et l'une de ces cas-

solettes lilliputiennes que les femmes, autrefois, por-
taient suspendues par une chaînette d'or à un de
leurs bracelets et, sûre de n'être pas vue, elle recueillit
avec la lame du canif et fit tomber dans la cassolette
les gouttes de sueur de l'euphorbe...

XXIII

Huit heures du soir allaient sonner dans quelques minutes.

Renée, qui venait de dîner rapidement et silencieusement avec son beau-frère, quitta la salle à manger et monta chez la comtesse.

Jeanne, couchée et dans un état d'immobilité complète, paraissait fort abattue.

Ses paupières s'abaissaient sur ses yeux fatigués et cependant elle ne dormait pas.

Geneviève, assise à côté du lit, attachait sur la jeune malade ces regards qu'une mère jette sur son enfant.

— Comment vas-tu, chère petite sœur? — demanda Renée.

— Je ne souffre pas,— répondit Jeanne d'une voix
éteinte,— mais je suis très-faible...

— Une nuit de sommeil profond te ranimera... —
La potion du docteur te donnera ce sommeil, et le
moment approche de prendre la première dose... —
Geneviève, où est le flacon?

— Le voici, mademoiselle...

— Donnez-moi une cuillère à café...

— Oui, mademoiselle...

— Il me faut aussi un pèse-gouttes...

— Je vais chercher celui de la pharmacie... — je
n'en connais pas d'autre au château...

— Allez vite...

Geneviève sortit.

Pendant son absence Renée traversa les deux cabinets de toilette qui séparaient sa chambre de celle de
Jeanne, ouvrit la cassolette, y trempa la pointe d'une
longue épingle à cheveux et fut tout près de faire
tomber dans la cuillère à café une goutte du terrible
poison végétal emprunté à l'euphorbe d'Abyssinie.

Mais une réflexion l'arrêta.

—Non, — murmura-t-elle, — pas ce soir... — l'impatience me rend folle... — je veux aller trop vite...

Et, sans avoir accompli son œuvre effrayante, elle
regagna l'appartement de la comtesse.

Geneviève y rentrait en même temps avec le tube
de caoutchouc et de verre dont l'usage était indiqué.

Renée compta dix gouttes.

Huit heures sonnèrent.

La jeune fille s'approcha du lit et, passant son bras gauche autour des épaules de Jeanne pour l'aider à se soulever, elle lui dit :

— Bois, ma chérie...

Madame de Gordes obéit passivement.

— Ah! que c'est mauvais! — balbutia-t-elle en laissant retomber sa tête sur l'oreiller.

Trois fois encore, de quart d'heure en quart d'heure, ainsi que l'avait recommandé Maxime Giraud, Renée fit prendre à Jeanne la dose prescrite de la potion.

L'effet attendu se produisit plus vite encore qu'on n'aurait osé l'espérer.

Un peu avant neuf heures Jeanne dormait d'un calme sommeil qu'aucun rêve sinistre, aucune hallucination de fâcheux augure ne vinrent interrompre, et qui se prolongea jusqu'au matin.

Renée, — toujours admirable de dévouement, — passa la moitié de la nuit près du lit de sa sœur et, quand la fatigue la contraignit à prendre quelque repos, fut remplacée par Geneviève.

Au point du jour Raoul entra dans la chambre sur la pointe du pied.

— Eh bien ? — demanda-t-il à voix basse.

— Ma chère maîtresse a dormi comme une enfant...

— répondit Geneviève. — Voyez, monsieur le comte, comme la respiration est paisible, et quelle expression de repos sur le visage de madame...

Et tous deux attendirent le réveil.

Jeanne, en ouvrant les yeux, vit M. de Gordes assis à son chevet.

Elle lui sourit, lui tendit la main, et sans attendre une question s'écria :

— Ah! que j'ai dormi d'un bon sommeil et que je me sens bien aujourd'hui! — Il me semble que je suis guérie... Tu vois si j'avais raison de te dire que mon ami Maxime Giraud faisait des miracles!...

— Je commence à partager ta confiance, chère migonnne, — répliqua le comte en embrassant Jeanne. — La voiture est partie pour Rancey depuis longtemps déjà... — Le docteur arrivera certainement avant une heure...

Cette prévision se réalisa. — Un bruit de roues ne tarda guère à se faire entendre et Raoul, le visage joyeux, courut recevoir le médecin auquel il se hâta d'annoncer la bonne nouvelle, en ajoutant :

— Venez vite jouir de votre œuvre... — L'effet de la potion est miraculeux!... — Vous ne reconnaîtrez plus madame de Gordes aujourd'hui!

Maxime poussa un soupir de soulagement.

— Quel bien vous me faites! — murmura-t-il, — j'arrivais très-inquiet, très-tourmenté...

— Pourquoi?

— Pour une raison bien simple... — J'ai consacré ma soirée et ma nuit à un travail acharné... j'ai feuilleté cent volumes, espérant faire jaillir la lumière, et je suis en pleines ténèbres, comme je l'étais hier en vous quittant... — Je n'ai trouvé nulle part une explication satisfaisante, ou même plausible, des troubles survenus dans la santé de madame de Gordes...

— Quelques accès de fièvre seraient insuffisants pour déterminer les crises que vous m'avez décrites et les hallucinations nocturnes qui continuent à me paraître incompréhensibles.

— Ces hallucinations et ces crises ont une cause cependant...— interrompit Raoul.

— Sans doute... mais quelle est cette cause? — Divers cas d'empoisonnement offrent seuls, dans leurs résultats, certaines analogies avec ces crises...— Il est des poisons végétaux qui déterminent des hallucinations et conduisent jusqu'à la folie...—Admettez-vous la possibilité d'un empoisonnement accidentel?...

—Non! — répondit Raoul. — Je la nie formellement. — Ma belle-sœur et moi nous avons toujours pris notre part, comme madame de Gordes, des mets servis à nos repas, et ces mets ont été achevés par les domestiques... — Personne n'a souffert... — D'ailleurs l'empoisonnement en le supposant possible, aurait suivi sa marche naturelle, conduisant

la malade à un état de plus en plus grave jusqu'à
une conclusion fatale, tandis que de fréquentes intermittences se sont produites dans l'état de ma femme,
qui parfois allait tout à fait bien pour retomber ensuite.

— C'est parfaitement juste... — Il me faut donc
me contenter moi-même de ce que je disais hier
à madame de Gordes sans y croire beaucoup, et
n'attribuer au mal d'autre cause qu'un désordre
momentané du système nerveux... — Les nerfs
sont la suprême ressource des médecins dans l'embarras... — Avec les nerfs ils expliquent tant bien
que mal ce qu'il leur serait impossible d'expliquer
autrement...

— Enfin, — reprit Raoul, — peu importe la cause
pourvu que vous supprimiez l'effet...— Venez voir la
comtesse...

— Bonjour, cher docteur ! — dit Jeanne en souriant; — vous serez contente de moi ce matin ! — Je
suis guérie, et grâce à vous !

Le médecin prit d'une main tremblante la main
que lui tendait madame de Gordes, et appuya ses
doigts sur le poignet.

— En effet, — murmura-t-il, — tout va bien... —
Point de fièvre, et la peau est fraîche... — Je sais déjà
que vous avez dormi comme je l'espérais...

— Faites-moi dormir toujours de même, cher docteur... — Ça paraît si bon, le sommeil, après de longues insomnies...

— Vous dormirez, je vous le promets...

— Que m'ordonnez-vous?...

— Rien...

— Comment, rien?

— Je veux dire point de médicaments. L'absence de toute fatigue et un régime très-simple, dont je vous laisserai l'indication écrite, suffiront, je pense, pour vous ramener en peu de jours à votre état normal...

— Ainsi, cher docteur, tout est fini? — Ma maladie ne reviendra pas?...

— Je l'espère et j'y compte...

Maxime Giraud, malheureusement, se trompait.

Jeanne pendant une semaine alla de mieux en mieux. — Toutes ses nuits étaient calmes; ses forces et son appétit revenaient rapidement.

Dès le huitème jour elle pouvait faire un tour dans le parc en s'appuyant au bras de Raoul ou à celui de Renée.

Une joie vive régnait au château et au village; les serviteurs et les paysans, nous le savons, adoraient la comtesse.

Le docteur, — ayant fait son devoir, — déclara que, ses visites quotidiennes étant désormais sans but, il ne viendrait plus à Gordes que de loin, en loin, à moins qu'on ne le fît appeler, ajoutant que dans ce cas il quitterait tout pour accourir.

Hélas! l'occasion de tenir cette promesse ne se fit point attendre.

Le surlendemain du jour où Maxime Giraud déclarait ses soins inutiles, une voiture du château allait le chercher en toute hâte et l'amenait plein d'étonnement et d'effroi.

Que se passait-il donc?

La petite comtesse venait d'avoir une rechute, et les caractères de cette rechute ne ressemblaient en rien à ceux que nous avons mis sous les yeux de nos lecteurs.

A partir de ce moment commença une nouvelle maladie, plus étrange encore, plus mystérieuse, plus inexplicable que la première.

Des alternatives incompréhensibles d'accalmies inattendues et de défaillances soudaines se succédaient contre toute logique, et mettaient absolument en défaut le savoir et la pénétration de Maxime.

Un découragement profond, un désespoir facile à comprendre, impossible à décrire, s'emparaient du jeune médecin...

Celle qu'il aimait plus que tout au monde et pour qui, de grand cœur, il aurait donné sa vie, souffrait et s'éteignait lentement, devant lui, et il ne pouvait rien pour la soulager, rien pour la sauver!...

— Qu'est-ce donc que la science? —se demandait-il avec une poignante amertume, et par moments il sentait sa tête s'égarer.

— Monsieur le comte,— dit-il un jour à Raoul, —je serais impardonnable à mes propres yeux en vous dissimulant la gravité de la situation. — Le mal grandit et je me sens désarmé contre lui... je n'ai plus confiance en moi... — La responsabilité morale que j'assume en donnant seul mes soins à madame de Gordes me paraît trop lourde... elle m'écrase... — Autorisez-moi, je vous en supplie, à provoquer une consultation... — Je suis un pauvre médecin obscur... l'expérience et l'autorité me font défaut... — Appelez ici quelques-uns des plus illustres parmi mes confrères parisiens... — Où je ne vois que ténèbres ils apporteront sans doute la lumière...

Renée assistait à l'entretien. — Un imperceptible frémissement des paupières décela seul son émotion.

— Vous êtes dans le vrai, je le sens bien, — dit-elle d'une voix très lente. — mais ne craignez-vous point d'épouvanter ma sœur en lui révélant vos inquiétudes?— Amener à son chevet des médecins de Paris, c'est lui montrer l'imminence du péril!...— N'y a-t-il pas là un danger d'un autre genre, et l'effroi ne peut-il causer à Jeanne un bouleversement funeste?...

— Renée a tristement raison... — balbutia Raoul avec angoisse.— Cette consultation, dont je ne comprends que trop l'urgence, risquerait à coup sûr d'aggraver l'état de ma femme bien-aimée...— J'hésite...

— Voulez-vous donc laisser madame de Gordes mourir abandonnée ? — reprit vivement Maxime. — J'ai le sentiment de mon impuissance... — Si vous me refusez l'aide que je réclame, je me retirerai. — Ma conscience me l'ordonne...

— Puisqu'il en est ainsi, docteur, — s'écria le comte, — que votre volonté soit faite...— Mais comment préparer Jeanne? et quelles précautions prendre pour amortir la violence du coup ?...

— Je m'en charge... — répondit Maxime. — Madame de Gordes a confiance en moi... — Je l'amènerai à désirer elle-même une mesure toute de prudence et dont elle ne pourra s'alarmer...

— Agissez, cher docteur... — vous avez pleins pouvoirs...

Le jeune médecin ne perdit pas un instant et n'eut point de peine à convaincre Jeanne que, dans l'intérêt de sa prompte guérison, il devait solliciter les conseils de quelques collègues plus âgés, et par conséquent plus expérimentés que lui.

— Soit! — murmura la douce malade, — qu'ils viennent, puisque vous réclamez leur aide pour une tâche à laquelle vous suffiriez très-bien tout seul, et guérissez-moi vite, car en vérité c'est trop long...

La semaine suivante, trois de ces médecins à la

mode que des honoraires princiers déterminent difficilement à s'éloigner pendant quarante-huit heures
de leur immense clientèle, arrivèrent au château de
Gordes.

Ils furent unanimes à déclarer qu'ils se trouvaient
en présence d'une affection nerveuse entièrement
inédite, et qu'ils ne savaient quel nom donner à ce
mal *caméléon*, dont le diagnostic variait de jour en
jour et pour ainsi dire d'heure en heure.

Ils approuvèrent sans restriction dans le passé les
agissements du jeune docteur, mais ils cessèrent
d'être d'accord sur le traitement à suivre dans l'avenir,
et chacun d'eux émit à ce sujet, — mais avec la plus
grande courtoisie, — un avis différent, prouvant bien
ainsi que, depuis Molière et Lesage, les us et coutu-
mes du corps médical se sont notablement trans-
formés.

Enfin ils partirent, munis de chèques d'une sérieuse
importance, après avoir engagé leur confrère, — dans
l'intérêt de la science, — à prendre des notes minu-
tieuses sur un cas si curieux et si rare, et à envoyer
à l'Académie de médecine un rapport bourré de faits
et d'observations dont il résulterait pour lui, sans
aucun doute, infiniment d'honneur...

— Ainsi me voilà seul de nouveau... — pensa
Maxime. — Seul pour combattre sur ce champ de ba-
taille déserté par mes illustres maîtres ! — L'ennemi

se cache dans les ténèbres... Les armes me font défaut... — Et pourtant il faut vaincre !... vaincre ou
mourir...

Maxime alla trouver Raoul.

— Monsieur le comte, — lui dit-il, — faites-moi
donner une chambre au château... — Tant que madame de Gordes sera en péril je ne retournerai pas à
Rancey...

XXIV

Laissons se développer au château de Gordes le
prologue du drame sombre qui devait amener dans
un prochain avenir de formidables péripéties, et re-
joignons à Paris Lazarine et quelques-uns des personnages importants de notre récit.

Nous avons vu la jeune veuve du marquis Robert
quitter le château de la Tour-du-Roy et se rendre à
la gare d'Orléans au pas de ses chevaux et dans la
mieux suspendue de ses voitures.

Jules Leroux, — le meilleur des pères, — (l'ex-
banquier se décernait ce titre avec la plus complète
et la plus naïve bonne foi) — l'attendait à la gare de
Paris; il la fit monter dans une voiture non moins
bien suspendue, et la conduisit, rue Murillo, au petit hôtel qu'il venait de louer pour elle moyennant

vingt mille francs par an, et dont Lebel-Girard avait fourni le mobilier.

Lebel-Girard, ce tapissier-artiste, membre du conseil municipal d'Enghien et décoré — (soit dit entre parenthèses) — est pour les lecteurs du *Figaro* une ancienne connaissance.

C'est lui qui, grâce à ses relations avec le millionnaire Nicolas Bouchard (de Montmorency) et dans le but assurément légitime de recouvrer une importante créance fort aventurée, avait négocié le mariage de Marguerite Bouchard et du comte Paul de Nancey (1).

Les Parisiens familiarisés avec les nouveaux quartiers savent que la rue Murillo longe le Parc-Monceau sur lequel ses habitations ont des jardins en miniature et, croyons-nous, des sorties particulières.

Malgré sa dénomination de *petit hôtel*, le logis loué par Jules Leroux pour sa fille était en réalité d'une ampleur très suffisante; mais à côté de l'hôtel immense qu'au temps de sa prospérité l'ex-banquier possédait boulevard Haussmann, à côté de l'hôtel d'Orléans et du château de la Tour-du-Roy, il semblait étroit par comparaison.

Difficilement d'ailleurs on aurait pu trouver une construction plus coquette et mieux distribuée.

Les remises et les écuries occupaient dans la cour

(1) *Le Mari de Marguerite*. — Dentu éditeur.

14

deux pavillons, à droite et à gauche de la grille.

Le rez-de-chaussée, auquel on accédait par un perron de cinq ou six marches, orné de fleurs rares dans des vases de faïence d'Urbino, se composait d'un vestibule, d'une salle à manger, de deux grands salons, d'un plus petit servant de boudoir, et d'une serre donnant sur le parc.

Ce rez-de-chaussée permettait, on le voit, sinon de donner des fêtes à *tout Paris*, au moins de recevoir sans encombrement cent cinquante ou deux cents personnes.

Au premier étage se trouvaient deux appartements très-complets, ayant chacun un petit salon, une vaste chambre à coucher, un grand cabinet de toilette et une salle de bain.

L'escalier était d'un bon style, point monumental naturellement mais de proportions suffisantes, et le tapis de moquette pourpre produisait un très-bon effet sur la blancheur de ses marches en pierre polie, bordées d'une rampe en fer forgé copiée d'après les bons modèles du dix-septième siècle.

Nous nous abstiendrons de tout détail inutile au sujet de l'ameublement.

Jules Leroux l'avait dépeint en ces deux lignes de sa dernière lettre à Lazarine : — *Il est de bon goût, d'une richesse suffisante et d'une fantaisie bien comprise.*

La marquise, malgré la fatigue résultant du voyage, visita l'hôtel du haut en bas, dès son arrivée, et se déclara satisfaite.

— Tout ça, papa, c'est très-bien ... — dit-elle. — L'ameublement et la décoration manquent peut-être un peu de ce que j'appellerai le *luxe sérieux*, mais comme ensemble c'est coquet, réjouissant à l'œil, surtout étant donné le prix que ça coûte..., car enfin on n'a pas grand chose en fait de meubles, par le temps qui court, pour cent mille francs...

— Quatre-vingt-dix... — fit observer Jules Leroux. — J'ai obtenu un escompte de dix pour cent, vu les circonstances de l'opération et l'argent comptant...

— Tu m'as sauvé cinq cents louis, bravo !... — A qui est-ce que je dois? A toi ou au tapissier?...

— A moi. — Lebel-Girard semblait très-désireux de palper sans retard...— J'ai payé...

— Ce soir je te signerai un chèque...

— Rien ne presse...

— Tu dis ça par galanterie, mais les affaires sont les affaires... — Demain tu toucheras les bons jetons... — A propos, papa, tu ne sais pas!... je meurs de faim...

— Le cas était prévu et les ordres donnés... — Dans dix minutes le dîner de madame la marquise sera servi sur table...

— Et tu tiendras compagnie à madame la marquise?

— Si madame la marquise le permet...

— Tu es un amour de père! on n'en fait plus comme toi!...

Dix minutes après ces paroles échangées, Jules Leroux et sa fille s'attablaient devant un dîner fin venu d'un cabaret à la mode.

La conversation, très-animée, roula sur vingt sujets différents.

On s'occupa de l'accouchement prochain de Lazarine, de la maladie de Jeanne, de la métamorphose de Renée.

Puis la marquise demanda :

— Et ton inséparable, ton *alter ego* ? Le vieux et toujours jeune Euryale dont tu es le Nisus? Que devient-il?

— Tu veux parler du prince?

— Naturellement.

Jules Leroux hocha la tête.

— Hum! hum ! — murmura-t-il, — bien singulier, le prince ! — Je ne l'ai pas vu depuis des siècles.

— Est-ce que vous êtes brouillés?

— Du tout, mais il a quitté Paris.

— Où allait-il?

— Je ne sais pas... — Il est venu chez moi un matin, avec une mine tout à la fois importante et préoccupée; il m'a dit d'un air mystérieux qu'il partait pour un voyage de quelque durée et m'a

laissé comprendre qu'il ne partait pas seul... —
Dans les termes d'intimité où nous sommes, j'ai cru
pouvoir lui adresser quelques questions amicales...
— Il m'a répondu de façon très-vague, sans cacher
son désir d'échapper à toute investigation sur la compagne de ce déplacement...

— Il s'agit donc d'une femme?

— Je l'ignore, mais je le parierais... — Godefroy
voyageant avec un homme me l'aurait dit carré-
ment...

— Une bonne fortune à l'âge du prince! —fit Lazarine en riant.— C'est joli, sais-tu, papa!

— L'idée m'est venue qu'il pourrait y avoir sous
roche, non une bonne fortune mais un mariage...

— Allons donc!

— Mon Dieu, oui ; et ce qui rend pour moi cette
idée vraisemblable, c'est qu'à travers les réticences
de Godefroy j'ai cru deviner qu'il comptait sur un
prochain changement de position, et qu'il avait le
solide espoir d'être riche avant peu de temps... Or,
d'où lui viendrait la fortune, si ce n'est d'un mariage? — Les veuves millionnaires ne manquent
point, et plus d'une consent de grand cœur à payer
cher un titre de princesse.

— Le prince marié! — reprit Lazarine avec un
nouvel éclat de rire. — Ce sera drôle!...

14.

— Pas pour sa femme! — répliqua Jules Leroux en riant aussi.

Nous aurons bientôt la preuve que la supposition de l'ex-banquier était erronée malgré sa vraisemblance, et que si M. de Castel-Vivant devait retrouver une fortune, cette fortune ne lui viendrait point d'une femme achetant son titre à prix débattu.

Lazarine s'était fait suivre d'un nombre de domestiques suffisant pour lui constituer à Paris un état de maison très-confortable; mais, toujours prudente, elle avait eu grand soin de laisser à la Tour-du-Roy le vieux valet de chambre Dominique.

Le motif de cette précaution se devine.

Ne pouvant se soustraire à la nécessité de recevoir Marcel Laugier, et Dominique étant le seul des serviteurs du marquis Robert qui se fût trouvé en rapport avec l'officier de hussards lors de son passage dans la ville de Jeanne d'Arc, le seul par conséquent qui pût le reconnaître, il fallait l'éloigner.

Quinze jours s'écoulèrent.

La jeune femme, à qui la promenade en voiture était défendue, et qui se souciait peu de sortir à pied dans son état de grossesse très-avancé et très-visible, n'avait d'autres distractions que les courtes visites quotidiennes de son père et commençait à s'ennuyer fort.

Elle se souvint d'avoir promis à Marcel Laugier de

lui écrire dès que son installation serait complète pour lui donner son adressse et l'autoriser à se présenter.

— Il n'est pas amusant, — pensa-t-elle, — mais ses visites me feront toujours passer une heure ou deux...

En conséquence elle prit une feuille de papier à lettre sans armoiries, sans initiales, sans couronne, et traça ces mots peu compromettants, que ne suivait aucune signature :

« *Rue Murillo, numéro...*

» *Demain jeudi, trois heures.* »

Elle écrivit sur l'enveloppe :

« *Monsieur Marcel Laugier*

» *Au Grand-Hôtel.* »

Et l'une de ses femmes de chambre reçut l'ordre de mettre à la poste cette laconique épître.

Nous savons que madame de la Tour-du-Roy n'éprouvait à l'endroit du lieutenant rien qui de près ou de loin ressemblât à l'amour. — Ce héros de l'aventure d'Orléans laissait son cœur absolument calme ; elle aurait même donné beaucoup pour qu'il n'eût point retrouvé la trace que pendant sept mois elle avait crue perdue par lui.

Et cependant — (explique qui pourra les mystères

de la nature féminine) — le lendemain, à mesure que
l'heure indiquée se rapprochait, Lazarine sentait son
cœur battre un peu plus vite que de coutume, et elle
attendait avec une sorte d'impatience la vibration
du timbre de l'hôtel annonçant l'arrivée de Marcel.

— Il sera certainement en avance!... — se disait_
elle.— Ne fût-ce que de quelques minutes, il devan-
cera le moment convenu... — Je ferais volontiers la
gageure que, depuis longtemps déjà, il erre comme
une âme en peine aux alentours du Parc-Monceaux...

Et la marquise suivait des yeux la marche lente
de la grande aiguille sur le cadran de la pendule du
boudoir.

Trois heures sonnèrent. — Le timbre de l'hôtel
resta muet.

L'impatience de Lazarine devint de l'étonnement,
et cet étonnement lui-même se transforma en une
irritation nerveuse dont l'intensité alla *crescendo* à
mesure que s'écoulaient les quarts d'heure...

L'après-midi tout entière se passa ainsi.

Marcel ne parut point.

L'irritation de madame de la Tour-du-Roy céda la
place alors à une sorte d'inquiétude, ou plutôt d'angoisse...

Une cause d'une effrayante gravité pouvait seule
empêcher un homme éperdument épris, comme

l'était Marcel, de venir au rendez-vous sollicité avec tant d'ardeur.

Quelle était cette cause?...

— Il est dangereusement malade sans doute... — pensa la marquise. — Il est mort peut-être...

Elle devint pâle sous l'obsession de cette pensée, et pendant une heure elle aima presque le lieutenant. — La curiosité fiévreuse transmise par Ève la blonde à ses arrière-petites-filles s'empara d'elle et ne lui laissa point de trêve. — Elle voulut savoir quel obstacle imprévu se dressait entre elle et le lieutenant, elle le voulut à tout prix...

Jules Leroux ne dînait point ce soir-là rue Murillo.

Lazarine se fit servir dans sa chambre et laissa son repas presque intact.

Lorsque la nuit fut complétement venue elle se prétendit fatiguée; donna congé à ses femmes; verrouilla sa chambre à coucher; jeta sur ses vêtements noirs un grand châle; ensevelit sa figure sous un voile épais; gagna par l'escalier de service le petit jardin contigu au Parc-Monceau; ouvrit avec sa clef particulière la porte de communication; se trouva dans le parc; parvint à l'avenue de la Reine-Hortense; arrêta le premier coupé de régie passant à vide, et, sans se préoccuper de la défense des médecins et du péril qui pouvait résulter pour elle des cahots du lourd véhicule, monta dans cette voiture et dit au cocher :

— Au Grand-Hôtel.

XXV

En moins de cinq minutes, le coupé, — venu par
la rue Auber, — tournait l'angle de la place du
Nouvel-Opéra, s'engageait sur le boulevard des
Capucines, et le cocher, se penchant vers la por-
tière, formulait cette question :

— Faut-il entrer dans la cour ?

— Non, — répondit Lazarine.

La voiture s'arrêta devant la porte monumentale
du vaste caravansérail parisien.

Madame de la Tour-du-Roy descendit, traversa
résolûment la foule, toujours compacte le soir sur
l'asphalte des boulevards élégants, et franchit le
seuil du bureau de l'hôtel.

— M. Marcel Laugier est-il chez lui ? — demanda-
t-elle au préposé de service.

Ce dernier connaissait très-bien le lieutenant, car sans même consulter les livres il répliqua :

— M. Laugier n'est pas à Paris en ce moment...

— C'est impossible ! — s'écria la marquise.

— Je vous demande pardon, madame...— M. Laugier, il y a huit jours, a reçu un télégramme déterminant son départ immédiat... — Il garde d'ailleurs son appartement, le n° 220, et peut revenir d'un moment à l'autre... — Nous avons l'ordre de lui faire parvenir sa correspondance... — Madame veut-elle écrire ? Il recevra la lettre...

— C'est inutile... — merci, monsieur...

La marquise regagna son fiacre qui la ramena à l'entrée du Parc-Monceau et, moins de trois quarts d'heure après son départ, elle se trouvait de nouveau dans son appartement, fatiguée mais rassurée.

Marcel à Paris négligeant d'accourir au rendez-vous donné, aurait blessé mortellement l'orgueil de Lazarine.

L'absence du jeune homme expliquait et justifiait tout.

L'amour-propre était sauf; — il ne restait à madame de la Tour-du-Roy qu'une vague curiosité au sujet de la dépêche amenant à sa suite un si brusque départ.

Cette curiosité, d'ailleurs, fut bientôt satisfaite.

Le surlendemain Lazarine reçut une lettre enca-

drée d'un large filet noir et portant le timbre de Cherbourg.

Elle reconnut l'écriture de Marcel et brisa le
cachet avec cette sorte d'émotion vague dont nous
avons déjà constaté l'existence lorsque, trois jours
auparavant, madame de la Tour-du-Roy attendait le
lieutenant.

La lettre était d'une longueur démesurée.

Nous nous garderons bien de la reproduire et nous
nous contenterons de l'analyser.

Marcel Laugier venait de recevoir,—disait-il,— au
fond de la Normandie, dans une propriété voisine de
Cherbourg, le billet de deux lignes adressé par Lazarine au Grand-Hôtel et contenant le nom de la rue, le
numéro de la maison et l'heure de la visite attendue.
— Il témoignait son chagrin profond d'avoir, à son
insu, fait attendre celle qu'il aimait plus que tout au
monde; il peignait avec une chaude éloquence sa
passion toujours grandissante; enfin il expliquait
les causes du voyage imprévu qu'il venait d'acomplir.

Un frère de sa mère, vieux garçon ennemi du mariage et vivant seul dans un petit château perché
sur un monticule au bord de la mer, à trois kilomètres de Cherbourg, s'était senti mourir à la suite
d'une congestion cérébrale, et avait voulu avoir près
de lui, à ses derniers moments, son neveu qu'il aimait beaucoup.

III.   15

La mort de cet oncle, survenue le lendemain de l'arrivée de Marcel, modifiait d'une manière absolue la situation de ce dernier, qu'un testament bien en règle instituait légataire universel, à sa grande surprise, car on croyait savoir que le célibataire endurci partagerait sa fortune entre tous ses héritiers naturels.

Or, le vieux Normand possédait plus d'un million net et liquide, représenté par des actions de la Banque de France et par d'autres valeurs de premier ordre.

En joignant à cet héritage inattendu sa petite fortune personnelle, le lieutenant se trouvait à la tête d'au moins soixante mille livres de rente.

Il était fils unique et pouvait attendre de son père à peu près huit cent mille francs. — Du jour au lendemain il devenait donc un parti de cent mille livres de rente, ce qui est fort beau pour un simple lieutenant, et le serait d'ailleurs tout autant pour un colonel.

Marcel avait immédiatement envoyé sa démission au ministre de la guerre. Des raisons qu'il ne disait pas, mais que Lazarine devina sans la moindre peine, lui donnaient l'impérieux désir de se trouver complétement libre et maître absolu de ses actions.

Du reste, on sentait dans sa lettre l'aplomb que donne la richesse et ce cachet de force et de volonté que le roi du monde, Sa Majesté l'Argent, imprime au front de ses élus.

L'épître se terminait, — comme elle avait commencé, — par des serments d'éternel amour dont la sincérité ne pouvait être mise en doute, et Marcel annonçait son retour à Paris, prochain, presque immédiat.

L'écriture du jeune homme était nette, régulière, aristocratique.

Lazarine lut les huit pages d'un bout à l'autre, sans sauter une ligne.

Pendant cette lecture, tantôt elle souriait ; tantôt un pli léger se dessinait entre ses sourcils noirs ; tantôt, enfin, elle haussait imperceptiblement les épaules.

Quand elle eut achevé elle posa la lettre sur le guéridon qui se trouvait à portée de sa main, et se prit à réfléchir.

Par moment ses lèvres remuaient.

On n'entendait aucun son, mais nos priviléges de romancier nous permettent de cueillir sur sa bouche les mots qu'elle prononçait tout bas.

— Pourquoi cette démission ? — disait-elle. — Un congé de six mois suffisait amplement... On aurait vu plus tard ce qu'il était à propos de faire... — Marcel complétement libre sera vite importun... sans compter que des idées inacceptables lui viendront sans doute... Elles lui sont peut-être venues déjà...

Elle s'interrompait, pour reprendre un instant après :

— Cent mille livres de rente... c'est un chiffre... — Il est presque riche, ce garçon... — Le voilà qui devient *quelqu'un*... — Renée s'en contenterait et dirait : Grand merci !... — Vingt-six ans... distingué de visage... élégant de tournure... par malheur il s'appelle Laugier... C'est aussi bourgeois que *Jules Leroux*, *Marcel Laugier*, plus encore peut-être, et je suis veuve du marquis de la Tour-du-Roy !!! — L'ex-lieutenant est impossible au point de vue sérieux...— Comme distraction il est acceptable... — Qu'il vienne donc et nous verrons. .

Le jour suivant, vers trois heures, *le meilleur des pères* était chez sa fille depuis dix minutes, et parlait d'aller faire un tour au Bois.

Le timbre de l'hôtel résonna.

— Tu attends quelqu'un ? — fit Jules Leroux.

— Personne...— murmura Lazarine avec un manque absolu de conviction.

Presqu'en même temps le valet de chambre entra portant une carte de visite sur un plateau d'argent.

—Madame la marquise reçoit-elle ? —demanda-t-il.

Lazarine regarda la carte.

— Oui... — répondit-elle.

Le valet sortit et Jules Leroux prit la carte à son tour.

— *Marcel Laugier...* — lut-il à haute voix.— J'ignorais ce nom... — Qu'est-ce que c'est que ce monsieur?...

— Un jeune homme... un officier... fort riche d'ailleurs...

— Où l'as-tu connu?...

— A Venise... — répliqua Lazarine sans hésiter.

— C'était un ami de ton mari?...

— Une simple connaissance... — fit la jeune femme
qui, malgré son assurance habituelle, rougit jusqu'à
la racine des cheveux.

Le père indulgent s'aperçut très-bien de ce trouble,
mais ne s'en étonna point outre mesure et, croyant à
quelque épisode du genre Bégourde, pensa :

— Je suis gênant... — Je m'en irai dans cinq minutes...

Le valet de chambre annonça :

— M. Marcel Laugier...

— Rudement beau garçon, dans tous les cas!... —
murmura Jules Leroux.

Marcel vêtu de grand deuil, avec sa figure énergique
et fine, son teint pâle, ses longues moustaches
soyeuses, sa tournure de gentilhomme artiste et le ruban rouge à la boutonnière, était véritablement remarquable.

Lazarine se souleva presque imperceptiblement
dans son fauteuil et dit :

— Mon père, M. Marcel Laugier,.. — Monsieur Marcel Laugier, mon père...

Ainsi présentés l'un à l'autre les deux hommes se saluèrent, et la marquise reprit vivement, pour mettre le visiteur sur ses gardes avant qu'il ait parlé :

— Comme c'est aimable à vous, monsieur, de vous être souvenu de moi après si longtemps !... D'habitude les absents ont tort... Avez-vous prolongé beaucoup votre séjour à Venise? Vous comptiez, si je ne me trompe, y passer deux mois encore?,.. — Vous aviez un congé, je crois... — Êtes-vous toujours au service?... — Ou j'ai mauvaise mémoire, ou vous songiez à rentrer dans la vie civile.

Marcel avait compris; malgré son émotion il donna la réplique sans la moindre apparence d'embarras.

— Vous n'êtes pas de celles qu'on oublie, madame la marquise,— dit-il,— et, fort de votre autorisation accordée si gracieusement, j'aurais cherché déjà l'occasion de mettre à vos pieds mes respectueux hommages, mais mon voyage s'est prolongé au delà de toute prévision... — J'ai passé six mois à Venise, remplie pour moi de votre souvenir. — Les limites étroites d'un congé cessaient de m'entraver... — Je n'ai plus l'honneur d'appartenir à l'armée française... j'ai donné ma démission...

Jules Leroux se leva.

— Vous ne me chassez point, monsieur, croyez-le bien... — fit-il. — J'allais partir quand vous êtes entré, et la marquise le sait à merveille... — Je regrette vivement de vous quitter si vite, mais je suis attendu...

Les deux hommes se saluèrent de nouveau et l'ex-banquier, tout en se penchant vers Lazarine pour l'embrasser, lui glissa dans l'oreille ces mots :

— Il est charmant, tu sais !...

Puis il sortit.

Le tête-à-tête de la marquise et de Marcel Laugier fut beaucoup plus froid qu'il ne paraissait vraisemblable de le supposer, étant donnée la situation respective de nos personnages, — et cependant cette froideur était logique.

Les deux entrevues antérieures, celle d'Orléans et celle du parc de la Tour-du-Roy, avaient eu lieu dans des circonstances absolument anormales et particulièrement étranges, inutiles à rappeler.

Pour la première fois, ce jour-là, Marcel Laugier se trouvait reçu dans la maison de Lazarine d'une façon officielle, sous son vrai nom, sans rien de clandestin ni de mystérieux, et la marquise venait de le présenter à son père, lui donnant une place par ce fait seul dans ses relations de famille.

En outre, le prestige dont madame de la Tour-du-

Roy s'entourait à ses yeux l'intimidait de façon notable, et paralysait ses effusions d'homme heureux...

Il avait tenu cette femme dans ses bras... il était le père de son enfant!... — Elle n'en restait pas moins pour lui la patricienne, la grande dame, imposante par son rang et par son entourage autant qu'attrayante par sa beauté.

De là cette gêne du premier moment, inévitable chez Marcel Laugier.

L'embarras de Lazarine était tout aussi naturel, et plus facile encore à comprendre...

Dans de telles conditions de gêne réciproque, la première visite de l'ex-lieutenant ne pouvait guère se prolonger, et ne se prolongea guère en effet.

Au bout d'une demi-heure, il quitta le salon de la rue Murillo en disant :

— A demain, n'est-ce pas, madame!...

— Oui... — répondit la marquise, — à demain...

XXVI

Les visites de Marcel devinrent quotidiennes. — Lazarine prenait l'habitude de le recevoir ; — l'embarras mutuel se dissipait peu à peu et une intimité réelle, mais plus amicale qu'amoureuse, s'établissait entre les jeunes gens.

Est-ce à dire que la passion de l'ex-officier diminuât d'intensité ?

Non certes, mais les circonstances en rendaient la manifestation difficile ou plutôt impossible...

Le moyen de parler d'amour à une femme souffrante, étendue sur une chaise longue, et condamnée à une immobilité presque absolue par une grossesse arrivée à ses dernières périodes ?

C'eût été d'un goût déplorable. — Marcel le sentait

15.

bien, et il refoulait en lui-même les épanchements dont son cœur trop plein débordait.

— Patience... — se disait-il. — Elle me reviendra... — L'essentiel était d'être là... J'y suis... je veille... — Personne à mon insu ne s'approchera de mon trésor pour me le voler...et d'ailleurs je saurais le défendre...

Un chagrin l'attendait; chagrin très-vif, mais inévitable, qu'il prévoyait bien et auquel il s'efforçait de ne point songer.

Vers le milieu du huitième mois Lazarine lui dit :

— Nous nous voyons en ce moment, mon ami, pour la dernière fois d'ici à plusieurs semaines...

— Quoi ! — s'écria Marcel. — Vous ne me recevrez plus ! ! !

— Je ne recevrai ni vous ni personne. — Le moment terrible est proche... — Sauf pour mon père et pour les médecins, ma porte va rester absolument fermée...

— Mais songez donc... — commença Marcel.

Il s'interrompit.

— Oui, je vous comprends bien... — répliqua Lazarine en souriant. — Je sais ce qu'allait dire la phrase interrompue et je penserais, si j'étais vous juste ce que vous pensez vous-même... — Mais songez-y donc, mon pauvre ami, le monde ignore tout

et ne soupçonne rien... (et c'est heureux pour moi!)
— Or, votre présence inexplicable dans la maison
d'une femme en couches serait fatalement la source
de commentaires malveillants et de suppositions
perfides... — Vous prétendez m'aimer, et je crois que
c'est vrai... — voudriez-vous me compromettre si
j'étais assez faible, ou plutôt assez folle pour vous
laisser faire?...

— Non, certes! — murmura tristement Marcel,—
mais que vais-je devenir?... Songez donc à mes
inquiétudes... songez à mes angoisses! Vous adorer...
et ne rien savoir!... Et puis enfin, l'enfant qui va
naître...

— Chut! — fit vivement la marquise presqu'ef-
frayée, — taisez-vous!...

— Cependant...

— Par un mot de plus... — Revenons à vos inquiétudes...— Elles sont absolument légitimes et je ferai
tout pour les amoindrir... — D'abord je vous écrirai
tant que je pourrai et, quand écrire ne sera plus
possible, vous aurez chaque jour ici de mes nouvelles
par ma première femme de chambre chargée de
répondre à mes amis... — Qui vous empêchera d'ailleurs de voir mon père?...— Il vous trouve charmant,
mon père, et sera très-heureux de vous rassurer sur
mon état...

— Le croyez-vous?...

— J'en suis certaine...

— Je le verrai donc, ne pouvant vous voir vous-même... — Et maintenant, — ajouta Marcel d'une voix très-basse et très-émue, — maintenant, mon adorée Lazarine, j'ai à vous adresser une prière et je vous supplie de l'accueillir, car en la repoussant vous me causeriez un chagrin profond...

— Une prière, à moi? En ce moment? — répliqua la marquise. — Vous m'intriguez beaucoup, je vous assure... — De quoi s'agit-il?

— Consentirez-vous à ce que je vais vous demander?...

— Je n'en sais rien, mais si la chose n'est point insensée, pourquoi non? — Parlez d'abord... Nous verrons ensuite.

Marcel s'arma de courage et dit résolûment :

— Je voudrais être parrain de votre fils... Car ce sera un fils... — Vous voulez bien, n'est-pas?

Madame de la Tour-du-Roy se mit à rire.

— Mon pauvre ami, — dit-elle, — je pressentais une folie?... —comme j'avais raison.

— Une folie!... — répéta le jeune homme.

— Ah! oui, par exemple! et corsée!... — Non, vrai, là, vous perdez la tête!... — Parrain de mon fils!... à quel titre?...

— Quoi! vous me demandez à quel titre!... Souvenez-vous...

— N'ajoutez rien... — interrompit la jeune femme. — Oh! je sais... je sais à merveille... On a joué
jadis un vaudeville sous ce titre-là!... — Mais ce
n'en est pas moins de l'extravagance pure!...

— Je ne comprends pas... — commença Marcel
Laugier.

Lazarine l'interrompit de nouveau avec un geste
d'impatience.

— En vérité! — fit-elle d'une voix brève et d'un
ton moqueur. — En vérité, vous ne comprenez pas
que la marquise de la Tour-du-Roy, acceptant pour
parrain de son enfant un jeune homme ignoré de
tous les siens, et qu'elle-même est censée ne connaître qu'à peine, passerait à bon droit pour folle!—
C'est cependant facile à comprendre!— Grand Dieu,
que dirait le monde?— Allons, mon cher, n'y pensez
plus! Le parrain est choisi... Tout est convenu depuis
longtemps... Le baptême sera fort beau. — Aimez-
vous les dragées?—Vous en aurez, je vous le promets.

— Ce parrain? — demanda Marcel dont la pâleur
aurait fait pitié à toute autre que Lazarine.

— C'est mon beau-frère, le comte de Gordes... —
Le choix doit vous paraître bon...

L'ex-officier baissa la tête sans répondre... — Il se
disait tout bas :

— Ainsi pour cet enfant je ne serai rien... rien
que son père...

Un quart d'heure plus tard il se retirait, profondément triste, et le lendemain, ainsi que la marquise l'avait annoncé, la porte du petit hôtel de la rue Murillo demeurait close pour tout le monde.

La semaine suivante, — (un peu moins de neuf mois par conséquent après la mort du marquis Robert de la Tour-du-Roy), — Lazarine accouchait presque sans souffrance d'un enfant bien constitué mais d'apparence délicate.

Marcel Laugier avait été prophète.,. — Cet enfant était un fils...

Un succès complet et définitif couronnait le plan hardi de la marquise. — Les droits de la jeune veuve devenaient inattaquables. — Rien au monde ne pouvait désormais appauvrir la fille aînée de Jules Leroux.

Si l'enfant vivait, la mère, pendant vingt et un ans, administrerait les revenus et conserverait ensuite la jouissance du tiers de ces revenus...

Si l'enfant venait à mourir, elle hériterait de lui.

Lazarine,— disons-le tout de suite,— ne se montra point mauvaise mère, non qu'elle ressentît au fond une tendresse bien vive pour cette créature chétive qui était le sang de ses veines et la chair de sa chair, mais elle trouvait drôle la petite poupée vagissante dont le visage gros comme le poing disparaissait sous des flots de dentelles blanches.

On avait fait venir d'avance la nourrice, une magnifique et coquette Normande aux formes opulentes,
au grand bonnet cauchois.

— Cette Vénus paysanne et cette coiffure pittores-
que feront très-bien sur la banquette de devant d'un
landau découvert... — pensait Lazarine, désireuse
d'étaler au Bois sa jeune maternité.

Le baptême eut lieu huit jours après l'accouchement.

Raoul de Gordes, à qui la maladie de Jeanne ne
permettait point de quitter le Loiret, ne fût-ce que
pendant vingt-quatre heures, fut représenté à la céré-
monie par Jules Leroux.

La marraine était la duchesse douairière d'Espany
de Lautrec, assez proche parente de feu le marquis
Robert.

On nomma l'enfant Raoul Henry Robert.

Jules Leroux, plus vaniteux que jamais, avait, —
contre tous les usages, — lancé de nombreuses
invitations. — La belle église neuve et resplendis-
sante de la Trinité se trouva pleine à l'heure dite de
gens de tous les mondes, curieux de voir l'ex-banquier, gonflé d'orgueil, tenant sur les fonts baptismaux
son petit-fils le marquis âgé de huit jours.

Mesdemoiselles *Tata* et *Nana*, et pas mal d'autres
demoiselles avantageusement connues et cotées,

émaillaient la foule et lançaient des œillades et des sourires au parrain par procuration.

Avons-nous besoin d'affirmer que Marcel Laugier se trouvait là, au premier rang, dévorant l'enfant des yeux avec attendrissement.

Après le baptême il suivit à la sacristie Jules Leroux qu'il fréquentait depuis quelque temps pour un motif qui nous est connu.

— Eh bien, cher ami, — lui demanda le père de Lazarine en lui donnant une poignée de main,— comment trouvez-vous le bébé ?...

— Magnifique... — fit Marcel avec conviction, — je n'ai jamais vu d'enfant si beau...

— Il me ressemble beaucoup, n'est-ce pas ? — continua Jules Leroux, et sans attendre la réponse il ajouta : — Voulez-vous l'embrasser ?...

Ah ! certes Marcel le voulait !..

Il souleva dans ses bras et couvrit de caresses la frêle créature qui se mit sous ses baisers à pousser des cris inhumains.

— Monsieur... monsieur... — dit vivement la nourrice,— prenez donc garde !... vous l'embrassez trop fort, ce chérubin, vous lui faites des bleus !... — Rendez-le moi, monsieur, s'il vous plaît... Vous lui casseriez quelque chose...

Marcel, un peu humilié, laissa la Cauchoise reprendre possession de l'enfant.

Jules Leroux poursuivit en se frottant les mains :

— L'entendez-vous, ce chérubin, comme dit la nourrice ! — il ne crie pas, il beugle ! — Tudieu ! quel organe !... Il aura une voix de baryton... Ce sera un gaillard sous tous les rapports... A son âge, j'étais comme ça... Et dire que ce crapaud est déjà millionnaire ! — Heureux galopin ! Quel avenir ! Il est entré dans la vie par la bonne porte, celui-là ! Savez-vous que le marquis, mon gendre, a bien fait de se dépêcher ! — Fichtre ! il n'était que temps ! — Huit jours plus tard et la branche aînée des la Tour-du-Roy s'éteignait... Malheur irréparable !

En entendant cette dernière phrase Marcel Laugier, malgré son émotion vive, ne put s'empêcher de sourire...

* * *

Les couches de Lazarine avaient été heureuses, son rétablissement fut prompt.

Huit ou dix jours après le baptême les médecins permirent à la jeune femme de rester levée pendant la plus grande partie des après-midi.

L'hôtel de la rue Murillo rouvrit alors ses portes, non-seulement pour l'ex-lieutenant mais pour les visiteurs, et ces visiteurs affluaient, chose dont il ne faudrait point s'étonner, Lazarine ayant envoyé des lettres de faire part de la mort du marquis à toutes les connaissances de son père, et Jules Leroux, à l'époque de sa splendeur financière, connaissant tout Paris.

Les prodigieux mariages de Lazarine et de Jeanne, épousant l'une et l'autre des grands seigneurs énormément riches, avaient fait tout autant de bruit que la ruine du banquier.

En apprenant le veuvage prématuré de madame de la Tour-du-Roy dont on n'ignorait pas les goûts mondains et parisiens, on s'était dit :

— Très-jeune, très-belle et très-riche, elle ne s'enterrera point en province... Après son deuil elle reviendra...

On se trompait seulement d'époque, puisque même avant la fin de ce deuil Lazarine était revenue.

Jules Leroux ayant répandu la nouvelle de l'installation de sa fille à Paris, les anciens amis accouraient naturellement...

A ce noyau déjà très-nombreux il convient d'ajouter les connaissances nouvelles appartenant, celles-là, non plus au monde de la haute banque mais au monde aristocratique.

Les familles patriciennes du Loiret, conviées au château de la Tour-du-Roy par le marquis Robert, lors des fêtes qui suivirent son mariage, possédaient presque toutes des hôtels ou des appartements à Paris.

Ces familles, nous le savons, avaient subi le charme

tout-puissant de la jeune femme et prenaient volontiers le chemin de la rue Murillo.

Les hommes surtout s'y montraient assidus.

A partir de trois heures de l'après-midi la file des
voitures de maître attendant les visiteurs s'allongeait
jusqu'à l'avenue de la Reine-Hortense d'un côté, jusqu'à l'avenue Ruysdaël de l'autre.

Marcel Laugier, submergé par ce débordement
mondain et ne parvenant plus à se trouver seul avec
Lazarine, n'acceptait point sans une sourde révolte
l'effacement inattendu de son rôle...

XXVII

La situation était trop fausse et trop tendue pour se prolonger longtemps ainsi.

Lazarine, avec son intelligence vive et son intuition féminine, lisait à livre ouvert dans le cœur de Marcel et voyait le jeune homme prêt à la révolte.

Elle ne laissa pas à cette révolte le temps d'éclater.

Un jour que l'ex-officier semblait plus soucieux encore que de coutume elle lui dit, au moment où, franchissant le seuil du salon déjà plein de monde, il fronçait le sourcil et saluait d'un air sombre :

— Venez à trois heures demain... Je ne recevrai que vous...

Madame de la Tour-du-Roy se trouvait dans un moment de crise.

La vie qu'elle menait depuis quelques semaines commençait à lui paraître effroyablement monotone.

Son deuil près d'expirer lui permettait bien de recevoir et de rendre des visites, mais lui défendait de donner des fêtes et d'aller dans le monde.

Or, ces visiteurs quotidiens, toujours les mêmes; ces conversations presque identiques, sinon pour la forme, du moins pour le fond, tournant comme des chevaux de manége dans le cercle des futilités mondaines, l'ennuyaient au delà du possible et la faisaient bâiller d'avance.

Les instincts benoitonesques, les goûts fantaisistes et un peu bohèmes de sa première jeunesse, à la brillante époque où les habitués du tour du Lac disaient en la voyant, avec sa sœur Renée, dans leur duc attelé de poneys tapageurs : — *Voilà les petites Leroux !* lui revenaient en foule.

Elle avait soif de distractions clandestines; et nous souhaitons qu'on ne se méprenne point sur le sens attribué par nous à ce dernier mot, dans les circonstances où nous l'employons.

Les plaisirs *clandestins* pour Lazarine étaient ceux que sa grande situation, le nom quelle portait, son veuvage, sa maternité récente, lui interdisaient absolument.

Évaporée beaucoup plus que vicieuse, la jeune femme n'avait point du tout cette prédisposition à

l'entraînement sensuel que les écrivains du dix-huitième siècle désignaient par la périphrase : *Être de
complexion amoureuse...*

L'épisode Bégourde (comme disait Jules Leroux)
n'était qu'une simple légèreté où le cœur tenait peu
de place, où les sens n'en tenaient aucune.

Quant à l'aventure d'Orléans, nos lecteurs savent
à merveille que Sa Majesté l'Argent, et non l'amour
ou le caprice, en avait été le *Deus ex machinâ...*

Donc la marquise voulait se distraire et mordre
aux pommes défendues du paradis de Paris.

Il lui fallait pour cela un cavalier servant, un
sigisbé docile.

Marcel Laugier, qu'elle avait sous la main, semblait d'avance indiqué pour cet emploi.

Il se trouverait sans le moindre doute le plus heureux et le plus favorisé des hommes en partageant
les escapades de sa bien-aimée Lazarine, et prendrait
de la meilleure foi du monde son rôle de comparse
pour un premier rôle.

A l'heure fixée il arriva, le cœur palpitant.

— Enfin, — murmura-t-il avec un accent pas-
sionné, en prenant les belles mains éblouissantes de
bagues que la jeune femme lui laissa gracieusement
appuyer contre ses lèvres. — Enfin vous êtes donc
seule et je puis vous parler autrement qu'à une
étrangère !... — Savez-vous que je me sentais de-

venir fou de dépit et de rage jalouse en vous voyant
entourée sans cesse d'indifférents qui vous acca-
parent, et que vous écoutez avec une bienveillance
irritante !...

— Ah! mon ami, — répliqua Lazarine en souriant
à Marcel, — si vous saviez comme ils m'ennuient !...

— Ils vous ennuient ! — répéta le jeune homme.

— A en mourir !...

La marquise écarta ses lèvres roses, montra dans
un bâillement coquet ses dents éblouissantes, et
continua :

— Voyez... rien que de penser à ces gens-là, je
bâille malgré moi...

— Alors, pourquoi les recevez-vous ?

— Parce que je ne puis faire autrement. — Je
subis une corvée en la trouvant bien lourde...

— Qui vous oblige à la subir ?

— Les exigences du monde auxquelles on ne saurait se soustraire quand on est la marquise de la
Tour-du-Roy et qu'on a d'immenses relations...

— Soit! Dans un incendie on fait la part du feu...
je fais la part du monde... — Mais, parce que certaines exigences s'imposent à vous, est-ce une raison
pour me sacrifier à des importuns ?

— Non, certes; et je m'en repens... et la preuve de
mon repentir, — la preuve sans réplique, — c'est que
vous êtes ici, seul avec moi, baisant mes mains...

— Ah ! Lazarine, vous êtes un ange !...

— Bien entendu, puisque je fais ce que vous voulez ! — dit la jeune femme en riant.

— A l'avenir, vous ne me sacrifierez plus ?

— Non.

— Vous me le promettez ?

— Formellement.

— Vous fermerez votre porte à cette cohue de gentilshommes et de financiers qui s'emparent de votre salon et le traitent en ville conquise ?

— Pas le moins du monde... — Je continuerai à les recevoir, et je les accueillerai de mon mieux.

— Mais alors, rien ne sera donc changé dans vos habitudes ?

— Rien du tout.

— Eh bien, et moi ?

— Vous ne mettrez plus les pieds ici, vous, cher ami...

Marcel regarda Lazarine avec stupeur.

— Ainsi vous vous moquiez de moi... — murmura-t-il d'un ton désolé.

La marquise secoua la tête.

— Je me moquais si peu de vous, — reprit-elle, — que, quand j'aurai tout dit, vous allez bondir de joie... — Non, vous ne viendrez plus... — Il est parfaitement inutile que l'homme distingué par moi se mêle à cette cohue de gentilshommes et de finan-

ciers dont vous parliez tout à l'heure...— Aux indifférents je donnerai mes après-midi et je vous garderai
mes soirées. — Êtes-vous content ?

— J'ose à peine croire à mon bonheur... Mais...

— Mais, quoi.

— Puisque vous ne me recevrez pas chez vous,
vous viendrez donc chez moi ?...

Lazarine se mit à rire et s'écria :

— Chez vous!... au Grand-Hôtel!... — Ah ! par
exemple, jamais de la vie!... — Vous perdez la tête,
cher ami!...

— Mais alors, où vous verrai-je ?

— Partout...

— Vous moquerez-vous de moi si je dis humble-
ment que je ne comprends pas ?

— Soyez tranquille, vous comprendrez... — Avez-
vous une voiture ?...

— Non... faute d'installation à Paris.

— C'est juste et la raison est bonne. — Allez chez
un grand loueur et prenez un coupé au mois... —
Choisissez ce coupé très-simple et d'une élégance
sobre. Ayez un cocher bien tenu et un bon reste de
cheval anglais... — Soyez, à partir de demain, tous
les jours, à six heures, avec cet équipage banal, en
face du n° 5 de l'avenue de la Reine-Hortense... —Je
sortirai de chez moi par le Parc-Monceau, vêtue de
noir, bien cachée sous une voilette épaisse, et j'irai

vous rejoindre le plus souvent possible... — Quand à sept heures vous ne m'aurez pas vue, n'attendez plus, je ne viendrai pas.

— Et, — demanda Marcel qui ne pouvait ajouter foi au témoignage de ses sens, — où irons-nous tous deux ?

— Je viens de vous le dire : *partout !* — Vous me mènerez de temps à autre dîner à la campagne, sous une tonnelle, au bord de l'eau, ou dans un cabinet particulier des cabarets du boulevard... — Ce sera d'une gaieté folle... — Vous aurez l'air d'un sous-lieutenant en bonne fortune régalant sa grisette... — Vous me conduirez au spectacle, au fond d'une baignoire bien sombre, ou dans quelque avant-scène de rez-de-chaussée, bien grillée... — Et nous irons ailleurs encore... J'aurai des fantaisies singulières... Les cafés-concerts des Champs-Élysées, l'Alcazar, les Ambassadeurs et l'Horloge me tenteront sans doute... et le Cirque... et, qui sait, Mabille aussi peut-être.

— Mabille !... — répéta Marcel stupéfait, presque scandalisé. — Vous voulez aller à Mabille ?

— Je n'en sais rien, mais pourquoi non ? — On prétend que c'est drôle; et je m'ennuie si follement, depuis bientôt un an, que j'ai des rages de plaisir et des fringales d'excentricités... D'ailleurs, cachée sous mon voile comme un pénitent sous sa cagoule, qui me reconnaîtrait?... Qui pourrait deviner la marquise de la Tour-du-Roy, au bras de M. Marcel Laugier lieutenant démissionnaire? — Ah! çà! mais, voyons, qu'avez-vous?.. — moi qui me figurais vous voir ivre de joie!... Il paraît que je me trompais et que votre enthousiasme est tout juste au degré qu'il faut pour frapper du vin de Champagne!...

— Lazarine... chère Lazarine..., — murmura le jeune homme..., — Je vais vous prouver combien je vous aime, car, sciemment et par amour, je vais risquer de vous déplaire... — Je devrais être le plus heureux des hommes en songeant à la grande place que vous m'offrez dans votre vie...

— Et vous ne l'êtes pas?

— Non, car vos projets me font peur...,

— Peut-on vous demander pourquoi?

— Parce que j'ai pour vous autant de respect que d'amour; parce que je vous veux entourée d'un respect égal au mien.

— Me fait-il donc défaut, ce respect?

— Vous êtes au moment de le perdre,,. — En faisant ce que vous rêvez de faire vous allez vous compromettre irréparablement...

— Aux yeux de qui?

— Aux yeux de tout votre entourage... — Rappelez-vous ce que vous me disiez il y a trois mois dans le parc de la Tour-du-Roy : — *Les valets sont des espions donnés par la fortune...* — Vos mystérieuses sorties du soir intrigueront bientôt, et forcément, ceux qui vous entourent... — Vous serez suivie... épiée... — On saura que vous venez me rejoindre et les rumeurs de l'antichambre monteront au salon, comme le grand air de la *Calomnie*, joué par la fille du concierge sur le piano fêlé de la loge, se fait entendre à tous les étages...

Lazarine prit un air de dignité blessée :

— Grand merci de vos tendresses prudentes, cher ami ! — répliqua-t-elle. — Votre souci de ma réputation va-t-il jusqu'à vous empêcher d'être le complice de ce que vous appelez mes folies?... — Il faudrait me le dire avec cette franchise un peu raide dont vous m'avez donné l'indiscutable preuve... — J'aviserais... — Je suis libre, absolument libre. — Je ne dépends de personne au monde. — J'accepte pour seul juge ma conscience. — Je l'interroge, elle me répond que je ne fais point de mal. — Je ne renoncerai donc à rien de ce que j'ai résolu, mais je respecterai vos scrupules et, sûre de votre discrétion d'homme du monde et de galant homme, je ferai choix d'un autre cavalier moins timoré que vous... Que décidez-vous?... — Réfléchissez vite, et répondez !...

Marcel pensait :

— Je viens de me conduire absolument comme un

sot!... — Quelle rage de sermon s'était donc emparée de moi? — Est-ce que je faisais de la morale à *Mariette*, sous le baldaquin du grand lit Louis XIII de l'hôtel d'Orléans?... — Que m'importe après tout la réputation de la marquise, pourvu qu'elle ne la compromette qu'avec moi?... — Elle n'est point ma femme et refuserait probablement de la devenir... — Au jeu que nous allons jouer ensemble, avant trois jours je serai de nouveau son amant. — Que me faut-il de plus?

Le silence du jeune homme énervait Lazarine.

— Avez-vous réfléchi? — fit-elle avec impatience. — J'attends, vous le voyez, et je n'ai point l'habitude d'attendre.

Marcel voulut lui prendre une main qu'elle retira vivement.

— Chère Lazarine, — fit-il en souriant, — j'ai dit ce que je devais dire, mais je n'en suis pas moins tout à vous... — Disposez donc absolument de moi et croyez bien que votre volonté sera faite en toutes choses et que je serai trop heureux d'être complice de vos folies...

La marquise se rasséréna.

— A la bonne heure! — répliqua-t-elle. — Il faudrait vous punir pour avoir hésité, mais je suis bonne et je pardonne... — Allez-vous en!...

— Déjà!...

16.

— Oui — vous m'avez agacé les nerfs... je ne veux plus vous voir aujourd'hui... — A demain, à six heures, où vous savez.

— A demain... — répéta Marcel, en prenant de nouveau la main mignonne que cette fois Lazarine ne lui retira plus.

XXVIII

Les choses se passèrent comme l'avait voulu la marquise.

Le lendemain, à l'heure convenue, Marcel attendait en face du n° 5 de l'avenue de la Reine-Hortense.

— Madame de la Tour-du-Roy, cachée sous une voilette épaisse, s'échappant de son hôtel ainsi qu'une femme adultère courant au rendez-vous d'un amant, venait le rejoindre, et montait dans la voiture avec un éclat de rire argentin.

— C'est moi... — dit-elle. — Que pensez-vous de mon exactitude? — Êtes-vous au moins content de me voir?

— Je suis si heureux que je ne sais comment exprimer mon bonheur...

— Cette réplique romanesque était inévitable, mais je l'accepte pour argent comptant.

— Que voulez-vous faire ?

— Dîner d'abord... — Je meurs de faim. . — Je me suis mise à table chez moi, mais sous prétexte de migraine je n'ai touché à rien...

— Où dînerons-nous ?..,

— Où vous voudrez.

Marcel baissa la glace de devant et jeta au cocher le nom d'un restaurant voisin de la Porte-Maillot.

Un quart d'heure plus tard les deux jeunes gens s'attablaient dans un cabinet et l'ex-lieutenant, guidé par Lazarine beaucoup plus gourmande que lui, commandait un menu digne de l'estime des connaisseurs.

Le repas fut charmant.

Madame de la Tour-du-Roy, joyeuse de satisfaire son caprice et de donner libre carrière à sa fantaisie, était d'une gaieté presque bruyante. — La Lazarine d'autrefois reparaissait tout entière.

La fille du banquier millionnaire, l'excentrique cocodette du temps des petits gommeux métamorphosée en grande dame par son mariage, avait laissé chez elle ses manières patriciennes, oublié son blason et, dans ce cabinet banal où tant de pécheresses idiotes avaient écrit leurs noms sur les glaces avec les diamants de leurs bagues, elle semblait une joyeuse fille de la bohème galante et joyeuse.

Par moments elle quittait la table, s'asseyait au piano, plaquait deux ou trois accords, chantait quelques mesures d'un couplet d'opérette en imitant Judic ou Thérésa, et revenait tendre son verre que Marcel remplissait de saint-péray frappé.

Au dessert elle fuma des cigarettes.

Marcel, presque gêné d'abord par ces allures étonnantes auxquelles il s'attendait peu, se mit de son mieux au diapason et donna la réplique à Lazarine avec une verve de commande.

Il aurait bien voulu modifier le ton du dialogue, remplacer les calembredaines de haute futaie par un agréable marivaudage, et diriger l'entretien vers les sentiers du pays du Tendre, mais il échoua complétement dans ses tentatives.

Lazarine, rieuse et moqueuse, ne se laissa conduire que là où elle voulait aller.

Est-ce à dire que la jeune femme se mit à l'abri sous le pavillon d'une pruderie fort déplacée en tête-à-tête et dans un lieu pareil ? — Elle n'y songea pas un instant ; elle fut *bon garçon* dans toute la force du terme ; elle ne s'effaroucha de rien ; seulement elle ne permit rien, et quand Marcel entraîné par sa passion, encouragé par ses souvenirs, voulait s'émanciper plus qu'il n'aurait fallu, un coup d'éventail sur

les doigts, accompagné d'un éclat de rire, le rappelait prestement à l'ordre.

L'ex-officier comptait beaucoup sur ce moment de
surexcitation quasi-fébrile qui suit un bon dîner,
quand les fumées du vin mousseux, grimpant aux
cerveaux féminins, rendent les cœurs plus faciles et
préparent l'heure du berger.

Il comptait sans son hôte.

— Vite ! vite ! la voiture ! — s'écria la marquise
après avoir *siroté* le petit verre de chartreuse qui suivit son café, — nous allons à *l'Horloge* ou aux *Ambassadeurs*, et nous arriverons déjà bien tard... — J'aurais voulu tout entendre et tout voir...

Marcel obéit, non sans pousser un gros soupir, et
le coupé roula vers les Champs-Élysées.

Lazarine sans doute prétendait maintenir dans
d'étroites limites son cavalier servant, mais non pas
le décourager car, pendant le trajet, elle ne l'empêcha point de glisser un de ses bras autour de sa taille
souple, et même elle appuya sa jolie tête sur son
épaule avec un dangereux abandon, et le jeune
homme put s'enivrer des parfums de cette chevelure
qui l'affolait.

La voiture s'arrêta.

Marcel, trouvant non sans raison qu'on était arrivé trop vite, soupira de nouveau mais se dit pour
se consoler :

— Bah ! ce n'est que partie remise...

Et donnant le bras à Lazarine il l'introduisit dans l'enceinte qu'encadraient les feuillages touffus des grands arbres et les cordons flamboyants d'une armée de becs de gaz projetant une lumière blanche et chaude.

La soirée était magnifique.

Une foule compacte, avide de bière et de mélodie, s'entassait dans le carré long, temple de la musique populaire, des mazagrans, des bocks et des sodas.

A peine si quelques places réservées restaient libres derrière l'orchestre.

Marcel y conduisit Lazarine et s'assit auprès d'elle.

En face d'eux, à dix pas tout au plus, s'ouvraient les coulisses du petit théâtre construit sur l'estrade et que les feux de la rampe, des lustres et des herses, inondaient de clartés éblouissantes.

Sur la scène, à droite et à gauche, installées dans des fauteuils formant demi-cercle, une dizaine de filles en toilettes de bal très-voyantes, prétentieuse-ment coiffées, décolletées à outrance, les bras nus jusqu'aux épaules et les épaules nues jusqu'aux reins tenaient des bouquets énormes et lançaient au public des œillades agaçantes.

Ces *demoiselles*, dont plusieurs étaient d'une beauté toute bestiale, ne chantaient point et n'appartenaient à aucune fraction du monde artiste, même le plus infime. Elles faisaient partie du décor et constituaient une exhibition de chair maquillée, pour la plus grande joie des amateurs de plastique dont quelques-uns, — les moins jeunes, — essuyaient avec acharnement les verres de leurs lorgnettes afin de se régaler mieux d'un spectacle si délicat.

Entre cette double rangée de figurantes, à l'avant-scène et devant le trou du souffleur, une chanteuse en vogue, dite *forte chanteuse comique*, se livrait à l'exercice de sa profession avec un succès incontesté.

C'était une fille encore jeune, d'un blond fade, petite, assez jolie, bien faite, hardie comme un page, effrontée comme un rapin.

Elle portait ce qu'on appelle au théâtre un *costume de paysanne.*

Sa jupe très-courte, rayée de rouge et de blanc, laissait voir les jarretières de ses bas de soie bleue bien tirés dessinant des mollets dodus. — Son tablier blanc à bavette s'ajustait sur un corsage de velours noir échancré à souhait pour le plaisir des yeux. — Ses cheveux pâles s'ébouriffaient sous son bonnet à papillons.

Elle chantait d'une voix éraillée et perçante une *paysannerie* graveleuse dont nous n'oserions, par pudeur, indiquer ici le sujet, et cette polissonnerie exaltait l'auditoire.

On se pâmait d'aise absolument ! — On interrompait pour applaudir. — On soulignait par des bravos les détails croustillants, les mots à double sens.

Au refrain la chanteuse, se surpassant elle-même, se donnait un mouvement énorme et, faisant preuve d'une science chorégraphique développée sans doute par de longues séances et de patientes études au casino Cadet, ébauchait le cavalier seul d'une *tulipe orageuse, di primo cartello*, et se tapait tantôt sur les cuisses et tantôt sur les bras avec une verve soutenue et un incomparable brio.

L'enthousiasme du public se changeait alors en délire. — On trépignait ; on criait : BIS ! — on lançait sur la scène une avalanche de bouquets.

Et la chanteuse, ivre de son triomphe, recommençait ses exercices, souriait, saluait, envoyait des baisers, montrait sa gorge et ramassait les fleurs...

Marcel Laugier, tout officier de hussards qu'il eût été, éprouvait un certain dégoût. — Il aurait donné beaucoup, le naïf jeune homme, pour que madame de la Tour-du-Roy fût bien loin et ne souillât ni ses oreilles, ni ses regards, au contact grossier de ces turpitudes.

Lazarine se pencha vers lui.

— Elle va demander à partir... — se dit-il.

— Cette fille est étonnamment drôle! — murmura la marquise à son oreille.

— Ah ! vous trouvez ? — fit-il avec consternation.

— Mais oui, je trouve... — Vous me procurerez, n'est-ce pas, les paroles et la musique de la chansonnette ?... — Je travaillerai ça sérieusement, à mon piano, et je vous en donnerai le régal un soir, dans le huis clos le plus absolu...

— Alors, nous ne partons pas ?...

— Je le crois bien que nous ne partons pas !... — Je m'amuse comme une folle ! — Il y a plus de deux ans que je ne me suis amusée tant que cela...

Marcel sans répondre eut un geste de résignation, et s'avoua tout bas que les femmes étaient parfois un peu singulières.

A la gaudriole champêtre succédait un intermède de clownerie.

Deux bateleurs anglais longs comme un jour sans pain, et si maigres dans leurs maillots noirs qu'ils semblaient transparents, entrèrent en scène côte à côte en marchant sur les mains.

Une svelte jeune fille, belle comme un sylphe, un petit diable en maillot rouge et en bottines de drap d'or, avait pour mouvant piédestal les semelles blanchies des deux clowns, et sa tête blonde touchait aux frises.

Les hommes noirs firent une quadruple culbute et se trouvèrent sur leurs pieds.

Le diablotin rouge pirouetta trois fois dans le vide

et retomba sur ses mains, les pieds en l'air, entre ses compagnons efflanqués.

Alors une chose inouïe commença, difficile à suivre des yeux, impossible à décrire : une sorte de fantasia furibonde, fantastique, incompréhensible.

Ce fut un tourbillonnement de trois corps se disloquant, se tordant, s'enlaçant dans un tel pêle-mêle, dans un si prodigieux fouillis, qu'on ne savait à quels bustes appartenaient les bras, sur quels torses se greffaient les têtes, de quels troncs émergeaient les jambes.

Jamais nœuds de couleuvres ne parurent plus inexplicables et plus inextricables.

Le diablotin rouge semblait une flamme glissant parmi des charbons éteints et s'efforçant de les rallumer...

Puis les squelettes noirs devinrent des raquettes auxquelles le diablotin servit de volant. — De ses mains longues et nerveuses — (vraies pattes de gorille) — l'un d'eux lançait la jeune fille, d'un bout de la scène à l'autre bout, avec l'impétuosité d'un mortier crachant son obus.—Le compère la rattrapait au vol pour la lancer aussitôt de plus belle, si bien que de seconde en seconde on voyait le corps svelte glisser dans l'espace, tourner sur lui-même et rayer d'un rouge éclair la blanche clarté du gaz aveuglant...

Cela dura dix minutes, à peu près.

Pendant ces dix minutes Lazarine, frissonnant de la tête aux pieds mais charmée, ne respira plus et se cramponna nerveusement des deux mains aux bras de son fauteuil. .

Quand ce fut fini elle se pencha vers Marcel Laugier, comme elle avait fait après la chanson, et lui dit tout bas ;

— C'est prodigieux ! — Un faux mouvement, une erreur, une distraction, moins que rien, et ils tueraient la pauvre petite ! — La voyez-vous tomber et se briser sur ces planches ! ! — Quel spectacle ! ! — Cela fait peur...— On tremble...— On se sent vivre... — Ah! mon cher ami, que c'est bon ! !... Nous reviendrons ici, n'est-ce pas ?...

Marcel fut contraint de s'avouer que Lazarine en parlant ainsi ne montrait pas énormément de cœur, mais il se souvint des femmes espagnoles, patriciennes, bourgeoises et manolas, assistant sans détourner la tête aux courses de taureaux, et prenant un plaisir ardent et farouche à voir le sang inonder le sable de l'arène, et les *toreros* jouer leur vie et perdre la partie...

— Elles sont toutes ainsi sans doute... — pensa-t-il ; et cette réflexion lui rendit le calme.

Un peu avant minuit Lazarine, enivrée de sa soirée, descendait de voiture au coin de l'avenue de Messine pour rentrer à son hôtel par le Parc-Monceau et quittait Marcel Laugier en lui disant :

— A demain...

— Demain, — murmura le jeune homme en suivant du regard la forme élégante qui s'éloignait rapidement. — Demain j'aurai des droits nouveaux, et la marquise de la Tour-du-Roy sera redevenue *Mariette!*

XXIX

Marcel Laugier se faisait illusion en espérant *re-conquérir* le lendemain, dans la plus large acception du terme, celle qui pendant une nuit avait été *Ma-riette*.

La marquise, armée d'une résolution qu'elle croyait inébranlable, voulait bien accepter l'ex-officier comme ami très-intime, comme camarade de plaisir, comme moyen de distraction, mais elle se refusait absolument à lui laisser prendre des droits nouveaux.

La seule pensée de reforger une chaîne solide et difficile à rompre en devenant la maîtresse de Marcel, lui causait une sérieuse frayeur.

Dès ses premières tentatives le jeune homme se heurta contre une résistance souriante et nullement farouche, mais absolument invincible.

Trop gentleman pour chercher le succès dans une
obstination brutale ; comprenant bien d'ailleurs qu'un
maladroit entêtement détruirait cette intimité qui
constituait pour lui un bonheur incomplet mais réel
et très-vif, il se résigna et prit le parti de tout attendre du temps et de l'occasion.

Deux ou trois fois par semaine madame de la Tour-
du-Roy renouvelait ces escapades, fort innocentes
en somme, qui plaisaient à sa nature excentrique et
que le mystère dont elle les entourait lui faisait paraître encore plus piquantes.

Les dîners champêtres dans les cabarets des environs de Paris la ravissaient surtout, sans doute par
le contraste de leur rusticité avec le luxe au milieu
duquel elle vivait.

Marcel la conduisit tour à tour au *Chalet* de Suresnes, où cette épicurienne blasée sur les chefs-d'œuvre
de son cuisinier trouva les fritures incomparables et
déclara les matelotes sans rivales ; puis à ce restaurant bizarre placé comme un château de cartes sur
la rive de l'étang de Ville-d'Avray et composé d'une
foule de petites terrasses et de petits cabinets super-
posés, auxquels on arrive par des escaliers branlants
pareils à des échelles de meunier, et d'où l'on dé-
couvre, à travers les festons de la vigne vierge et du
chèvrefeuille, les coteaux boisés de l'autre rive reflé-
tant leurs croupes vertes dans le miroir bleu de l'é-

tang; — bicoque originale et qui serait adorable si la nourriture offerte aux dîneurs n'était aussi navrante que le paysage est charmant.

Comme un étudiant et son étudiante ils allèrent ensemble à *la Tête-Noire* de Joinville-le-Pont, adorée des canotiers, au *Chalet de la Porte-Jaune* non loin du donjon de Vincennes, et dans dix autres endroits encore, car Lazarine ne se lassait point.

Ils revenaient finir la soirée dans quelque théâtre du boulevard.

Ces divertissements de modiste en bonne fortune amusaient follement la marquise.

A chaque rendez-vous nouveau il s'opérait en elle, à son insu, une modification que Marcel constatait avec une joie fiévreuse.

Lazarine s'alanguissait en quelque sorte; — sa cuirasse d'impassibilité moqueuse tombait écaille par écaille; — sa familiarité devenait plus tendre; — le sentiment féminin commençait à se mêler à sa camaraderie de *bon garçon;* — sans le savoir et sans le vouloir, ce cœur léger, cet esprit futile, cette nature brillante et froide, subissaient la chaude influence de la passion virile du jeune homme...

Marcel se disait que le *moment psychologique* était proche, et nous devons avouer que, cette fois, le calcul des probabilités semblait devoir lui donner raison.

On était au commencement du mois d'août.

Sept heures du soir sonnaient.

La voiture dans laquelle Lazarine venait de monter à l'endroit habituel descendait rapidement l'avenue de l'Impératrice.

— Où me menez-vous dîner ? — demanda la marquise.

— Au restaurant de la Cascade... — répondit Marcel, — à moins d'objection de votre part.

Lazarine n'avait aucune objection à faire.

Tous les Parisiens, tous les étrangers, pour peu qu'une fois en leur vie ils aient mis les pieds à Paris, connaissent le café que sa situation dans la partie la plus délicieuse du Bois de Boulogne a rendu célèbre

Le paysage qui l'entoure, à quelque point de vue que l'on se place pour l'envisager, a des aspects dignes de tenter les pinceaux d'un artiste. — C'est la nature *arrangée*, soit ! mais avec une habileté si prodigieuse que *l'arrangement* ne se sent plus et ne se devine pas. — On dirait un coin de la forêt de Fontainebleau où l'âpreté sauvage serait remplacée par la grâce exquise.

A la droite du chemin ombreux qui par une pente douce conduit des lacs à la plaine de Longchamps, la grande cascade avec ses transparences, ses colères, ses bouillonnements de Niagara en miniature; ses masses rocheuses couronnées de végétation luxu-

17.

riante, et ses grottes sombres d'où l'on voit comme
en un rêve les horizons lointains à travers le cristal
mouvant de l'eau qui tombe...

A gauche une pelouse semée d'arbres géants, pa-
triarches, deux fois séculaires, vigoureux toujours et
pleins de séve, protégeant de leur ombre immense
le gazon d'un vert d'émeraude et les corbeilles aux
fleurs éclatantes.

Toutes les voitures de Paris, depuis le grand *mail*
à quatre, et la victoria huit-ressorts attelée en demi-
daumont, jusqu'à la plus humble citadine, ont fait
le tour de cette pelouse.

Au fond, le café de la Cascade, noyé le jour parmi
les feuillages ; étincelant de feux le soir, comme un
palais de féerie à l'acte du ballet.

Ce que nous venons de décrire est une oasis, non
dans un désert mais dans un paradis.

Partout, aux environs, des merveilles.

Bagatelle, la résidence pleine de souvenirs, appartenant aujourd'hui à Richard Wallace, cet Anglais
au cœur français. — Le Moulin, ce bijou couvert de
lierre qui semble sorti d'un tableau de Ruysdaël, et
pour lequel on voudrait un écrin. — L'Hippodrome
de Longchamps avec son cadre sans pareil de masse
verdoyantes et de collines semées de villas ; et tout
au fond, dominant de sa haute silhouette grise ce
radieux paysage, le Mont-Valérien inviolé...

La.voiture s'arrêta.

Madame de la Tour-du-Roy, plus voilée que jamais, descendit et promena ses regards autour d'elle.

— Ça me rappelle ma jeunesse... — dit-elle en riant. — Lorsque j'étais encore la petite Leroux, je venais ici le matin, très-bien, sur ma jument *Norah*, ou dans mon duc avec mes poneys, et je buvais deux doigts de xérès, sans descendre de mon cheval ou de ma voiture, bien entendu... J'allais à Madrid quelquefois, mais ici c'est beaucoup plus gai...

La marquise et Marcel montèrent au premier étage. — On ouvrit un cabinet d'où l'on voyait, entre les cimes des grands arbres, le Moulin et une partie de la plaine.

Du cabinet voisin s'échappaient des éclats de voix, des rires perlés, et les notes claires d'une gamme ascendante interrompue aussitôt que commencée.

— Qui donc est là ? — demanda Lazarine au maître d'hôtel venu pour prendre les ordres et s'assurer que rien ne clochait dans les détails du couvert et du service.

— Des messieurs et des dames de théâtre, madame,— répondit-il,— des jeunes gens charmants...

— Ils sont très-gais.

Et il nomma plusieurs artistes connus appartenant aux deux principales scènes d'opérettes.

— Voulez-vous changer de cabinet ? — fit Marcel.

— Changer de cabinet ? — répéta Lazarine... — Pourquoi ?

— Ici nous entendrons presque ce qui se dira de l'autre côté, car ces dames et ces messieurs parlent haut, et cela peut devenir gênant...

— Pas du tout, cher ami... — répliqua la marquise. — Tant mieux si l'on entend... Ce sera drôle...

Le fait est que le bruit des voix arrivait net et distinct, mais on ne distinguait point les paroles, sauf quelques mots articulés d'une façon particulièrement sonore.

On servit.

La tiédeur de la soirée permettait, commandait même de laisser la fenêtre ouverte au grand large. — Quand les artistes du cabinet voisin faisaient silence, le murmure doux et monotone de la cascade entrait par cette fenêtre avec les senteurs agrestes des meules énormes de foin entassées dans la prairie de Longchamps, où elles passent une partie de l'hiver.

Le soleil avait disparu derrière les coteaux de Suresnes ; le crépuscule venait lentement et ne devait point céder lui-même la place à l'obscurité, car la pleine lune émergeait ronde et blanche, à l'horizon, au-dessus de l'ancien cimetière de Boulogne.

Lazarine et Marcel, assis en face l'un de l'autre, mangeaient sans presque échanger une parole.

La jeune femme était évidemment moins gaie et surtout moins bruyante que de coutume.

L'ex-lieutenant la regardait beaucoup, mais à la dérobée, et paraissait attendre quelque chose.

On apporta le dessert et en même temps, dans un rafraîchissoir de plaqué, une bouteille de vin de Champagne entourée de salpêtre et de glace.

— Madame veut-elle qu'on allume le gaz du lustre ou préfère-t-elle les bougies des candélabres ? — demanda le maître d'hôtel.

— Ni l'un ni l'autre, — répondit la marquise, — on est très bien ainsi...

Et véritablement cette clarté pâle, estompant les objets sans rendre encore leurs contours indécis, était d'une extrême douceur.

Le maître d'hôtel avait disparu.

— Ne trouvez-vous pas qu'il fait étrangement chaud, Marcel ?... — reprit Lazarine.

— Oui, — répliqua le jeune homme, — le temps, peut-être, est à l'orage...

— J'ai soif... versez-moi quelque chose de très-froid.

— Voici du vin frappé...

— Merci...

La marquise vida deux fois de suite son verre rem_
pli jusqu'au bord.

— Ah! cela fait du bien! — dit-elle; puis, se levant, elle ajouta : — Venez à la fenêtre...

Tous deux s'accoudèrent au balcon.

La lueur argentée de la lune donnait à la plaine de
Longchamps une physionomie particulière et la
transformait en quelque sorte. — Elle paraissait
couverte de givre. — Le Moulin et les groupes de
grands arbres projetaient sur ce fond neigeux des
ombres noires comme de l'encre. — La citadelle du
Mont-Valérien, éclairée vivement de face, se dessinait en blanc sur le ciel d'un bleu dur.

Lazarine et Marcel contemplèrent en silence pendant quelques minutes ce paysage d'aspect singulier.

La porte, en s'ouvrant derrière eux, les fit se retourner.

On apportait le café, les liqueurs et des boîtes de
cigares.

— Je sonnerai pour l'addition... — fit Marcel.

— Dépêchons-nous... — dit Lazarine. — Je ne sais
pas ce que j'ai ce soir... je voudrais partir...

— Déjà !

— Oui..., — Je me sens triste sans motifs... J'ai
les nerfs malades...

— N'irons-nous donc nulle part en sortant d'ici ?

— Non... — Je désire rentrer... — Vous voyez bien que je suis maussade...

Et, sans transition, la marquise ajouta :

— Chut ! écoutez...

Le piano du cabinet voisin, touché par une main savante, faisait entendre un brillant prélude.

Ce prélude achevé, une voix d'homme s'éleva, douce et grave à la fois, chantant les premières mesures d'une phrase dont on n'entendait point les paroles, mais dont la musique exprimait des tendresses infinies...

Une voix de femme lui répondit, voix de cristal, chaude, pénétrante, passionnée, presque semblable à la voix de madame Peschard dans le Muller de la *Timbale*.

Puis les deux voix se fondirent en une, et ce fut alors un duo d'amour d'une incomparable douceur.

Lazarine éprouvait une sensation profonde qu'elle ne s'expliquait point et qu'elle n'aurait pu définir.

Elle s'était laissée tomber sur le divan large du cabinet, la tête renversée en arrière, écoutant de toutes ses forces, absorbée dans la jouissance inattendue que lui donnait cette musique.

Marcel s'assit à côté d'elle ; la touchant presque ;

effleurant son épaule ; elle ne parut pas s'en apercevoir.

La voix d'homme avait repris seule, alternant avec la voix de femme, pour s'enlacer à elle de nouveau et de plus en plus étroitement.

L'expression de la musique, interprétée par les artistes invisibles, changeait peu à peu de nature ; — elle devenait molle et lascive. — Par moments le chant n'était plus qu'un murmure harmonieux et vague, faible comme un soupir, frémissant comme une étreinte, et alors on croyait entendre, ainsi que dans les *Orientales :*

S'étouffer des baisers, se mêler des haleines. »

Lazarine laissa tomber sa tête sur l'épaule de Marcel...

Marcel entoura de ses deux bras la taille de la marquise, qui se cambra mais sans résister...

Le moment psychologique était venu...

XXX

Quand les chanteurs eurent achevé le duo d'amour
dans le cabinet voisin, au bruit des applaudisse-
ments de leurs camarades, Lazarine crut sortir d'un
rêve en voyant Marcel agenouillé devant elle et baisant ses mains avec toutes les folies de l'amour heureux et reconnaissant.

Sans même écouter les ardentes paroles que
murmurait le jeune homme à ses pieds, elle se sentit
prise contre lui d'un mouvement de colère, presque de haine et, ne comprenant rien à sa propre
faiblesse, elle accusa tout bas Marcel d'avoir mêlé
au vin qu'il lui versait quelqu'un de ces aphrodisia-
ques dont les romanciers de l'ancien jeu faisaient
un si fréquent usage, — en leurs écrits, bien entendu...

Mais à quoi bon la haine, la colère et les absurdes accusations ?

Rien ne pouvait prévaloir contre le fait accompli.

Cette fois ce n'était pas Mariette, c'était madame de la Tour-du-Roy qui venait d'appartenir à l'ex-lieutenant, et celui-ci fort de ses droits nouveaux, qu'avec l'aveuglement de la fatuité masculine il attribuerait sans aucun doute à l'amour de la marquise, ne s'en laisserait pas facilement déposséder...

Lazarine, redevenue par une surprise des sens maîtresse de Marcel Laugier qu'elle n'avait jamais aimé, l'aimait désormais moins encore, ne lui pardonnait point sa victoire, et se demandait avec épouvante comment elle s'y prendrait pour se délivrer de lui et pour l'écarter de sa route.

A cette question elle ne pouvait répondre.

Le jeune homme, dans les premiers temps, ne se montra point disposé à abuser de son triomphe ; il resta soumis aux moindres caprices de sa maîtresse ; il ne sembla pas désireux de jouer dans sa vie un rôle plus prépondérant que celui dont il s'était contenté jusque-là ; et la marquise, lui sachant gré d'une modération à laquelle peut-être elle ne s'attendait point, prit, — momentanément du moins, — son parti d'un mal sans remède.

Les parties de campagne continuèrent comme avant l'*incident* de la Cascade, et Lazarine, dont la

morale était des plus faciles, finit par s'habituer à
l'abandon presque quotidien de sa personne, et même
y trouva quelque charme.

Marcel ne parlait jamais en maître. — Il abdiquait
son initiative, sa volonté. — A chaque rencontre il
jurait à sa maîtresse qu'il voulait être et rester son
esclave, et qu'il trouvait dans l'obéissance absolue
une suprême volupté.

L'ex-lieutenant disait vrai en disant cela.

Il était prêt à se soumettre en tout; à tout accepter, sauf une rupture. — Son amour, loin de dimi-
nuer par la possession, grandissait. — Amant de
Lazarine, il prétendait rester son amant. — La possibilité de la perdre était l'unique éventualité qu'il
refusât absolument d'admettre...

Les choses allèrent ainsi quelque temps, puis, peu
à peu, ainsi qu'il arrive toujours, Marcel ne se tint
plus pour satisfait de ce qui lui paraissait d'abord
l'idéal du bonheur, et devint plus ambitieux.

— Pourquoi ces tendresses clandestines ? — se
demanda-t-il. — Le nom que je porte est honorable,
et ma fortune, sans égaler celle de Lazarine, est suffisante pour me mettre à l'abri de tout soupçon de
honteux calcul... — N'y a-t-il pas quelque chose
d'humiliant pour moi dans le mystère dont s'entoure ma liaison avec une femme qui dépend d'elle
seule et qui peut librement disposer de sa main?...

— Lazarine rougit-elle de m'aimer, qu'elle cache ainsi notre amour ?...

De là à parler mariage, il n'y avait qu'un pas...

Ce pas fut franchi...

Marcel un jour, en un tête-à-tête dont l'intimité ne pouvait être plus absolue, serrait entre ses bras la jeune femme. — La jolie tête de Lazarine, noyée parmi les flots de ses cheveux défaits, reposait sur la poitrine du jeune homme.

— Chère mignonne, — balbutia-t-il, — savez-vous une idée qui m'est venue ?

La marquise, pour toute réponse, secoua sa tête échevelée.

— Ne trouvez-vous pas comme moi, — poursuivit Marcel, — qu'un bonheur, si complet qu'il soit, grandit encore, et de façon notable, par la certitude de la durée...

— Peut-être... — murmura Lazarine dont ce début éveillait la méfiance et qui ne voulait point s'engager par un acquiescement irréfléchi. — Le mot *durée*, quelquefois, — ajouta-t-elle, — est synonyme de *monotonie*...

— Pas dans les choses de l'amour...

Madame de la Tour-du-Roy s'était dégagée des bras caressants qui l'enlaçaient.

Elle regarda Marcel en face.

— Où voulez-vous en venir ? — lui demanda-t-elle

— A ceci : — répondit-il, non sans une violente trépidation intérieure ; — pourquoi, du plus tendre des amants, ne feriez-vous pas le plus fidèle, le plus obéissant, le meilleur des maris !...

Lazarine tressaillit et ses noirs sourcils se froncèrent malgré elle. — L'outrecuidance de cet homme l'irritait profondément, mais elle ne voulait pas lui laisser voir son irritation.

— Quelle folie ! — s'écria-t-elle avec un rire qui sonnait faux.

— Folie, pourquoi ? — dit vivement Marcel.

— Parce que tout ce qui est inutile est déraisonnable... — On croit gagner au changement, et l'on peut y perdre... — Cela s'est vu... — Ne sommes-nous pas bien ainsi ? — Nous aimèrions-nous mieux si nous étions mariés ?

— Nous aimerions-nous moins ?

— Qui sait ?...

— Ne parlez pas ainsi, chère Lazarine, — répliqua Marcel, — et songez au bonheur d'avouer devant tous, à la face du monde, l'amour dont on est fier...

La marquise secoua de nouveau la tête.

— Paradoxe ! — dit-elle. — Le monde et la publicité n'ont rien à voir dans les secrets du cœur... — La vraie tendresse aime le mystère... — La liberté dans l'amour, croyez-le bien, double le prix de l'amour... — N'êtes-vous pas plus sûr de moi, quand je me donne à vous librement, que si je vous appartenais de par la loi ? — Ce qui s'impose me fait peur... — Voulez-vous savoir mon opinion dénuée de toute périphrase ? — La voici : — *Le mariage est une affaire, et pas autre chose...* — J'ai fait une affaire en épousant à dix-huit ans le marquis de la Tour-du-Roy qui aurait pu être mon aïeul ; mais entre vous et moi, je vous prie, où est l'affaire, par conséquent à quoi bon le mariage ?

— Légitimer nos liens... — commença Marcel.

— Des phrases ! — interrompit Lazarine d'une voix moqueuse en haussant les épaules. — Vous intervertissez les rôles, cher ami ! — Ce sont les jeunes filles, d'habitude, qui lorsqu'elles ont commis une faute supplient le complice de cette faute de réparer et de légitimer... — Je ne réclame rien, moi, et c'est vous qu'un scrupule, assez bizarre et même un peu comique, agite et trouble ainsi !... Le cas est singulier ! — ajouta la jeune femme en riant. — Voyons, vous ai-je dérobé votre honneur ?...

— Cependant... — reprit Marcel.

— Oh ! assez, pour l'amour de moi !.. — interrompit de nouveau Lazarine. — Je vous défie de me convaincre, donc ne perdez pas vos paroles... — Restons amis et ne parlons plus de ces folies...

Marcel se tut, un peu ému et effrayé des théories scabreuses qu'il venait d'entendre ; mais se disant qu'au fond sans doute ce n'était que fanfaronnade et fâcheuse excentricité.

Ce hussard refusait de croire au cynisme de sa maîtresse, tant il l'aurait trouvé scandaleux...

Il se sentait fort déconfit, mais non découragé, et se promettait bien de remettre un peu plus tard la question sur le tapis.

Nous connaissons depuis longtemps le motif de la détermination de Lazarine, motif qu'il ne soupçon- nait pas.

La seule idée de quitter le titre et le nom de mar- quise de la Tour-du-Roy pour s'appeler tout bour- geoisement madame Marcel Laugier, causait à la jeune femme une répugnance inouïe et que bon nom- bre de femmes honnêtes déclareront assurément légitime.

L'ex-lieutenant, ainsi qu'il se l'était promis à lui- même, ne se tint point pour battu et revint à la charge.

Il y revint souvent; — il y revint avec une persis- tance infatigable, et qui sait si la jeune veuve, un jour ou l'autre, de guerre lasse, n'eût point fini par s'avouer sinon convaincue, du moins vaincue; et par accepter une domination contre laquelle en vain elle se débattait.

Tout est possible... — Tout arrive... — Même l'in- vraisemblable, même l'impossible...

Malheureusement ou heureusement pour Marcel Laugier, une circonstance que personne au monde n'aurait pu prévoir vint se mettre à la traverse de ses espérances, et détruire les faibles chances qu'il avait peut-être d'atteindre un jour le but de ses désirs.

*
* *

Lazarine, nous le savons, donnait presque toutes ses soirées à Marcel Laugier qui ne venait jamais chez elle, mais elle conservait la libre disposition des après-midi qu'elle consacrait à recevoir et à rendre des visites.

Un jeudi, madame de la Tour-du-Roy se trouvait au faubourg Saint-Honoré chez la princesse Alvinzi, qu'elle avait connue à Florence et dont c'était le jour de réception.

Quoique Paris fût à peu près désert à cette époque de l'année il y avait, grâce aux diplomates et aux étrangers, beaucoup de monde dans l'immense salon, et la verve italienne de la maîtresse du logis ne laissait pas languir un instant la conversation.

L'huissier de la princesse annonça :

— M. le prince de Castel-Vivant.

— Ce cher prince, — pensa Lazarine,— je ne l'ai pas vu depuis des siècles...

Qu'on juge de sa stupeur à l'aspect de celui qu'on venait d'annoncer.

Le nouveau venu n'était point le vieux gentleman, mais un homme de vingt-cinq ou vingt-six ans, parfaitement beau, d'une élégance irréprochable, d'une tournure aristocratique, et, chose étrange, prodigieuse, invraisemblable, ce jeune patricien ressemblait de façon frappante au rapin Hector Bégourde !...

Admettre que ce fût bien lui paraissait insensé. — Comment expliquer ce nom, ce titre, cette transformation ?...

Lazarine ne l'essaya même pas, et dans le premier moment crut à une ressemblance fortuite, aussi sa stupeur redoubla quand elle entendit le sosie d'Hector dire à madame Alvinzi qu'il venait de saluer :

— Princesse, me ferez-vous la grâce de me présenter à madame la marquise de la Tour-du-Roy, qui certainement ne me reconnaît point, quoique j'aie l'honneur de n'être pas tout à fait un inconnu pour elle ?

Impossible de douter plus longtemps.

C'était lui ! — Hector Bégourde, prince de Castel-Vivant !

FIN DU TROISIÈME VOLUME.

F. AUREAU. — IMPRIMERIE DE LAGNY

www.ingramcontent.com/pod-product-compliance
Lightning Source LLC
Chambersburg PA
CBHW070213030726
47505CB00006B/1666